ハヤカワ文庫JA
〈JA1541〉

工作艦明石の孤独３

林　譲治

早川書房
8901

目次

工作艦明石の孤独3

登 場 人 物

■工作艦明石

狼群涼狐……………………………………艦長

狼群妖虎……………………………………工作部長

松下紗理奈…………………………………工作副部長

椎名ラパーナ………………………………工作部「な組」組長

河瀬康弘……………………………………同・組長代行

ロス・アレン………………………………同・組員

■セラエノ星系

アーシマ・ジャライ………………………首相

ハンナ・マオ………………………………第一政策秘書

シェイク・ナハト…………………………官房長官

哲秀…………………………………………ラゴス市長

カトリーヌ・シェル………………………ラゴス市助役

モフセン・ザリフ…………………………アクラ市長

アラン・ベネス……………………………アクラ市助役

セルマ・シンクレア………………………アクラ市職員

イーユン・ジヨン…………………………生態系学者

■偵察戦艦青鳳

ミコヤン・エレンブルグ…………………ワープ理論学者

■輸送艦津軽

西園寺恭介…………………………………艦長

1　通信傍受

一一月二四日・アイレムステーション

アイレム星系の地球型惑星バスラから椎名ラパーナの通信電波を傍受した時、アイレムステーションには七人の人間が配置についていた。

最初にステーションが設置された時の滞在員は、生態系学者のイーユン・ジョン、通信技術者のケス・クルーク、そして医者のイゴール・マシアの三名であった。投入時に最優先されたのは、椎名ラパーナが軌道上に展開したマイクロサテライトのデータを回収することで、この点に関しては成功していた。

さらにステーションを展開した一〇月二三日、工作艦明石から打ち出された惑星バスラの探査衛星を制御し、軌道上に乗せる作業にもあたっていた。ただこの程度の作業なら三人で十分であるし、現場での観測情報分析のためには通信と生態系の専門家がいれば仕事はできた。ただイビスに可能な限り察知されないために、探査衛星はホーマン軌道で遷移し、最小限度の加減速により極軌道に投入するまでに、一ヶ月近い時間が必要だった。

この後、追加モジュールが運ばれたのと同時にギラン・ビーも配備され、工作艦明石からシェルドン・シンとアンナ・ブラトが船外作業要員として派遣される。このギラン・ビーには短距離用のワープ機関は装備されていたが、いざアイレムステーションの運用が始まると、ほぼ出番がなかった。惑星軌道上にワープアウトした場合に、イビスがどんな反応を示すのかが読めないからだ。

無論、そうしたギラン・ビーの存在が、ステーションを運用する上で選択肢を増やすのは間違いない。それでも実際にワープさせるかどうかの判断は別なのだ。

もっとも、だからギラン・ビーは無駄だったと言うものはいない。本来の船外作業機として、作業の効率は向上した。

そしてアイレムステーションの拡張が終わった時点で、無人探査機Ｅ２が投入されたのが一一月二四日であった。この時点でさらに二名が増員されることとなる。輸送艦津軽の艦長であった西園寺恭介とアクラ市の職員セルマ・シンクレアであった。

これは、緊急時にはセラエノ星系へ帰還する宇宙船としてＥ２を準備する関係で、運用要員として派遣されたためだ。輸送艦津軽の乗員たちは、アクラ市の支援により、専門知識を提供する事業体として再編されていた。今回の要員派遣は事業体の初の大きな仕事だったのだ。

そしてアイレムステーションの指揮官は、暫定的には西園寺が就くことになっていた。緊急時にはE2の船長として西園寺の命令が絶対とされるため、そことの整合性をとった。それに宇宙空間での生活経験と知識では西園寺が最上級者ということもあった。

このような状況の中で、この七名が椎名からの通信電波を傍受することとなったのだ。それは探査衛星からの最初の報告に含まれていた。自然観測とともに惑星からの電波信号を傍受したデータ解析の過程で発見されたのだ。

「……バシキールにいる椎名ラパーナです……」

通信は比較的短時間で終わった。しばらく七人の間に声もなかったが、明石から来たシェルドン・シンとアンナ・ブラトは無重力空間の中、器用に肩をつかみ合って喜んでいた。自分たちの組長が生きていたからだ。

「なぜ通信が切れたんだ！」

もしかして椎名の身に何かあったのか？　驚く西園寺に通信担当のケス・クルークは、壁面に貼り付けてあるモニターの一つを示す。

「探査衛星は低高度の極軌道を概ね九〇分の周期で回ってます。送信側の電波の指向性が比較的高ければ、送信源の近くを通過した時だけ電波は傍受できるわけです。

　これは相手次第ですが、送信アンテナを衛星の動きに追躡するようにしてくれるなら、次の報告時間にもっと長いメッセージを受信できると思います。

　探査衛星の設定では九〇分後、つまり北極上空で、いままで探査したデータを送信してくることになってます。可能な限りこちらの存在を察知されないように。ですから椎名の通信途絶は、彼女の身に何かが起きたためとは言えないでしょう。

でもまぁ、この信号が送られたってことは衛星の位置はイビスには見つかっているってことですか。ただ通信を送るには準備不足に見えるのは、彼らにとっても探査衛星は予想外だったんじゃないですかね？」

「予告なく投入するならともかく、すでに我々の存在は知られている以上、軌道上に宇宙船や衛星が現れないか警戒して当然だと思うがな」

「警戒していたから、即応したんだと思います。ただイビスが予想していた形では現れなかったんじゃないでしょうか」

　西園寺はこのことに関して、アイレムステーションの存在についても考えていた。ステーションは惑星バスラから半径一二〇万キロ前後の楕円軌道にあった。イビスに対する情報収集という点からバスラの軌道上以外の選択肢はないが、近すぎるのは危険である。

そうした観測の都合と安全のバランスを勘案して出した結論が一二〇万キロだ。この数値が本当に妥当なのかはわからないが、一定のリスクを甘受するしかなかった。未知のものを調査することにリスクマネジメントは不可欠だ。

ケスが言うように、衛星の投入がイビスの想定外であったなら、アイレムステーションの存在はまだ把握されていないのではないか。把握しているなら、直接こちらに通信を送ってくればいい話だ。ただ探査衛星の背後に我々がいると判断し、まず椎名が無事であることを伝えようとしたのだろう。

「メインカメラの映像を出してくれ」

ケスが操作すると、メインモニターに惑星バスラの姿が浮かぶ。全体に大陸の色は黒い。ただし実はこの色の多くは陸地ではなく、海洋表面の植物とも言われていた。

アイレムステーションの一メートル反射望遠鏡は常に惑星バスラに向いている。これがメインカメラの映像だ。ステーションは惑星バスラの赤道に対して一〇度ほど傾斜しており、周期も一五二日以上あるので、一周するまでに極地を含むすべての地表を観測可能だ。探査衛星と併用して、惑星表面の観測精度向上にはかなり期待がかけられていた。

「惑星表面の観測結果のごく一部ですが、非常に興味深いですね」

データの分析システムの点検も兼ねてイーユン・ジョンが、メインモニター横のサブモニターに画像を表示する。黒い大陸の姿が映し出されているが、大陸全体の三分の一くらいのところで、濃淡の違いがはっきり見えた。

「最初のギラン・ビーによる探査では仮説の域を出なかった問題ですが、探査衛星のデータから確認が取れました。

表面上は海陸比が約三対七ですが、それは海洋に独立した植物相が展開しているためで、それを取り除けば真の海陸比は四対六となります」

「なぜわかるんだ？」

西園寺にはそんな話は初耳だったが、他のスタッフには既知のことであるらしい。ただイーユンも、西園寺には事前説明が与えられていないことは察したようだ。

「衛星の画像センサーとレーザーレーダーによる測距データを比較しました。この図の濃淡の境界線が本当の海岸線です。そして色の薄い部分は海に浮いているだけなので、表面が揺れているんです」

「海岸線はともかく、椎名が通信を送ってきた施設か何かは認められるか？」

「いえ、残念ながらそれらしいものは……」

「そうなのか。いまのところ惑星表面で不審なものは浮草のようなものだけか？」

西園寺には他に思いつくものがない。

「単純に浮草とも言えないようです。植物なのは間違いないと思いますが、レーザーレーダーによる表面の動きは、海面の動きとは別の振動をしているようです。浮草ではなく、もっと密に繋がったマットみたいなもので海面は覆われているのかもしれません」

「そういう進化をしたというわけか？」

西園寺のその言葉に、セルマ以外のスタッフは顔を見合わせた。

「あなたは船長として赴任したと命令書にはありましたのに、何の説明も受けていないいんですか？」

イーユンは信じ難いという表情を隠さない。

「私はアイレムステーションの管理業務を請け負ってやってきた。なのでここでの研究の詳細については確かに説明を受けてはいない」

イーユンは口の中で何か呟いたようだったが、好意的な意味ではなさそうなのは予想がついた。

「惑星バスラの位置と恒星アイレムからの輻射熱量を計算すれば、惑星環境が今日のようにはならないんです。現在の輻射熱量と惑星軌道では、バスラは全惑星凍結状態になっていなければなりません。しかし、現実は違う」

「昔はもっと輻射熱が暖かかったんじゃないのか？」

それが明らかにずれた意見なのは、その場の空気でわかった。

「そういう解釈も可能ですが、我々はイビスによるテラフォーミングの結果ではないかと考えています」

「それはつまり、惑星バスラの生物群は、すべてイビスの母星の生物ということか？」

西園寺のその質問は、彼に対するイーユンの認識を瞬時に変えたらしい。

「あぁ、そうですね。その可能性もありますね。確かに、それは私も考えませんでした」

「自分は素人だけど、聞いた話ではセラエノ星系からアイレム星系の惑星バスラを観測し始めたのは半世紀ほど前で、大気組成などは今日でも変わっていないと聞いている。いまの惑星環境がテラフォーミングの結果なら、なぜイビスはバスラの大陸部に進出せずにいるのだ？　地下に拠点があるらしいという話だけは聞いたが、惑星環境がこの半世紀にわたって顕著な違いがないなら、テラフォーミングは終わってるはずだろ？」

イーユンは少し考えてから、自身の考えを述べた。

「二つ可能性が考えられます。

一つは、半世紀前のデータ精度には限界があり、惑星環境は変化し続けており、イビスのテラフォーミングはまだ完成していない場合。

もう一つは、テラフォーミングは世紀単位の時間がかかっても不思議はない。テラフォーミングは終わっていても、それが安定しているかを検証している可能性です。実際に小規模ですが放棄された地上施設の廃墟が認められています。おそらく過去に終了時期を読み間違えたことがあったのかもしれません」

「なるほど。しかし、確実なことは惑星に降りないとわからないな」

西園寺の言葉にイーユンは身を乗り出す。

「惑星バスラの直接探査の計画があるんですか！」

「いや、それはわからないが、イビスとどう接触するかによっては惑星に降り立つ必要があるんじゃないかな」

「あぁ、確かにそうですね」

イーユンは明らかに落胆していたが、これればかりは西園寺にもなんともできない。そうしている間に衛星からの送信時間となる。

「この通信を解読している人類の宇宙船に報告します。私は、イビスの都市宇宙船バシキールにいる椎名ラパーナです。私はギラン・ビーからイビスにより救助され、適切な治療を受けることができました。現在もイビスと互いに清潔な環境で生活しています。夜空とは無縁の環境ですが、この通信も、修理したギラン・ビーよりバシキールを中継して行なっています。受信したならば返信をお願いいたします」

メッセージはその一回だけだった。さらに次の九〇分後の報告では椎名のメッセージは入っていなかった。その次もまた入っていなかった。

「組長は無事でしょうか？」

それは明石から派遣されているシェルドン・シンの言葉だった。アンナ・ブラトとともに、明石の人間にとっては椎名の安否こそが最大の懸念事項だったのだろう。

「いや、これは椎名さんの判断でしょう」

西園寺は、メッセージが入っていないことの意味は簡単に説明できると思っていた。

「探査衛星は極軌道に入って惑星全体の地表を探査することになっている。惑星の同じ地点の上空を通過するのに数日かかる。

メッセージを傍受した時間がわかれば、地表のどこから送信された電波なのか、緯度経度が割り出せる。ケス、このメッセージはどうやって送信された？」

「探査衛星によると、電波を受信したのではなく、カメラが光の点滅を認め、それをＡＩが通信のフォーマットと解釈して、音声として再生したものです」

「光の点滅を通信のフォーマットと解釈したというのは、我々の通信規格に合致しているということか？」

「そうなります。光の点滅は、使用されている波長から考えてもギラン・ビーのレーザー通信機ではありません。通信書式は同じですが可視光の点滅ですから、レーザー通信と比較して速度は極端に低い。それで、衛星の軌道と通過地点を割り出しました」

ケスがそう言うと、壁面のモニターの一つに送信地点が表示される。それは惑星バスラの最初の探査時に低周波や熱源の発生が観測された地域であった。

「やはりこの地下には何かいるのか……」

西園寺はこのことの意味を考える。いまの自分たちには地下はおろか惑星表面を探査する手段さえない。それでもいま自分たちにできることはあるはずだ。

西園寺は椎名のメッセージを聞き直す。最初のメッセージの断片と比較して、どうやら同一のものを繰り返していると思われた。つまり椎名がマイクの前にいるわけではないということだ。

「このメッセージ、何か不自然だと思わないか？」

西園寺はメッセージの表現に何かしっくりこないものを感じていた。しかし、ケスは特に違和感は感じていないらしい。

「イビスの意図は不明ですが、観測衛星で光の点滅から文章を読み取るとなれば、転送可能な文字数は著しく限られます。カメラの視界の中に光の点滅がなければなりませんから。

最初のメッセージが断片だったのは、衛星から見て信号が観測できる領域が限られていたためだと思います。

それを前提とすれば、メッセージが不自然なのは文字数の制約のためではないでしょうか？」

「文字数が限られているという条件の中で、可能な限り情報を伝えるために、表現が不自然になったのか」

そう言う西園寺は音声メッセージを文章化し、それぞれ不自然な表現と思われる部分を抜き出した。

「この『夜空とは無縁の環境』というのは、状況から判断して地下を意味するのは明らかだ。しかし、どうしてこんな遠回しの表現を使う？　素直に地下と言ったほうが文字数も節約できるだろう」

イーユンは、文字が表示されるモニターの真正面でそれを見ていた。

「イビスが椎名のメッセージを監視というか検閲していたのでは？」

しかし、西園寺はその意見には同意できなかった。

「監視の可能性は否定できないが、惑星の地下では強力な赤外線の発生も確認されているんだ。それはイビスだって理解しているだろうし、いまさら自分たちが地下に住んでいることを隠そうとしても意味はないだろう」

その議論に別の角度から意見を述べたのは、ケスだった。

「逆の可能性もあるんじゃないですか。イビスには人類のような地下の概念がなくて、彼らに理解できる表現が『夜空とは無縁の環境』なのかもしれませんよ」

「我々は地下という先入観で話をしてますけど、文字通り、夜空と無縁とは、地下世界の一日が地表とは異なる、つまり惑星の自転周期とは違うという意味では？」

イーユンの意見も確かに成り立つと西園寺は思ったものの、これは主観で左右される表現なのも間違いないようだ。だから西園寺は攻め口を変える。

「アンナとシェルドン、君たちは椎名のスタッフだったはずだが、彼女はどういう意味で、こんな表現をしたと思う？」

アンナ・ブラトとシェルドン・シンは顔を見合わせたが、答えたのはアンナだった。

「組長はそんな遠回しな表現はしません。むしろ自分は『現在もイビスと互いに清潔な環境』の方が重要だと思いますね。単に清潔じゃなくて、互いに清潔ってのは、組長もイビスも独立してるってことですよね。それは何かといえば、互いに微生物に接触しないようにしてると解釈するのが一番合理的だと思いますね。

それを前提に考えると、『夜空とは無縁の環境』とは、イビスの地下施設は地表とも無縁で、直接的な天体観測もしていないと解釈できるでしょう。あの人は無駄な単語は使いません」

「つまりイビスは地上との一切の交流を絶って、微生物が侵入することを阻止している、そういうことか？　しかし、無駄な単語を言わない人間にしては表現が遠回りじゃないのか？」

「イビスにもわかるように話しているからじゃないですか」

アンナには、それは自明のことであるようだった。そしてシェルドンも話を引き継ぐ。

「椎名組長は、人類の宇宙船が通信を解読するという前提の話をしてますが、アイレム星系に来るとすればやはり明石と青鳳の二隻と判断したのだと思います。イビスは探査衛星は察知できた。しかし、アイレムステーションは探知できていないとすれば、消去法で探査衛星はどこかにいる宇宙船から発射されたことになるでしょう。

つまり現状のイビスの宇宙探査の能力は高くなく、これはアンナの指摘した『夜空とは無縁』の解釈とも矛盾しない。

さらに都市宇宙船バシキールという表現は、それが地下に置かれているということから、イビスが微生物に非常に神経質であることを伝えていると考えられます。地下都市じゃなく都市宇宙船というのは、イビスが惑星植民を行えないか、あるいはテラフォーミングが終わっていないことを意味しているんじゃないですかね」

椎名の部下たちの仮説は、西園寺にはそれなりの説得力があるように思われた。ただアンナとシェルドンの解釈は、彼らにしか確認しようのない主観的な部分があるのも確かだった。

「イゴールさん、あなたはどう思います？」

西園寺は、医者であるイゴール・マシアに意見を求めた。

「私には君らのような工学的な知識はないが、一つだけこのメッセージには不可解な点がある」

「不可解とは？」

「椎名は『イビスにより救助され、適切な治療を受けることができた』とある。そんなことは普通あり得ない。イビスにとって人類はまったく未知の動物であるはずだ。それに対して適切な治療を施せたとしたら、イビスが人間と酷似しているか、あるいはかなり高度な医療水準にあるかのいずれかだ」

「イビスが人類に酷似しているとは、我々のような動物ということですか？」

西園寺の質問に、イゴールはどうわからせようかと考えているようだった。どうもずれた質問だったらしいと彼は思う。

「幾らなんでもイビスが人類と瓜二つということは確率的にはあり得ん。生物としてはまず間違いなく別の存在だ。

しかし、生物である限り代謝は必要だし、外部から食物を摂取し、呼吸もするだろう。そうしたことから言えば呼吸器官や消化器官はあるはずだ。これは植民星系のどこの土着生物を俯瞰して見ても、生物としての構造はほとんど変わらないという事実が証明している。

言い換えればだ、星系が違えば、たとえ生態系の中で同じ位置を占める似たような生物であったとしても、細かい部分ではまったく違う。しかし、その一方で共通点も少なくない。

医師として言わせてもらえば、いまここに怪我をしたイビスが現れたとして、それが彼らにとって五分もかからないような初歩的な手術程度のものであったとしても、自分にはその手術を成功させる自信はない。だからイビスが椎名に対して適切な治療などできるわけないんだよ」

「あのイゴールさん、話が外科手術になってますが、それだけが治療とは言えないのではないですか？　椎名がイビスの宇宙船に回収された状況からすれば、骨折程度ならどうですか？」

西園寺の指摘にイゴールは少しムッとした表情を見せたが、それでも質問自体には答えてくれた。

「骨折かい……それなら可能性はあるな。どこの星系の動物にも骨に相当するものはあるし、折れたら元に戻る。骨細胞のメカニズムについては完全に同じ例はないが、ギブスで固定すれば治癒するのは共通だな、確かに」

議論は活発なものだったが、まとまりはつかなかった。問題の重要性に比して、七人という人数はあまりにも少ない。そこでいままで沈黙していたセルマが初めて発言した。

「いままでの議論をまとめますと、イビスは地下都市ではなく、地下に置かれている宇宙船の中で生活し、その理由は椎名のメッセージから解釈すると、イビスもしくは人類の側の微生物汚染予防の可能性がある。

そしてイビスは、人体の構造について理解できる程度の医学知識があると考えられる。そして椎名もまた、イビスの身体構造について理解している可能性がある」

セルマの総括に西園寺は素直に感心した。しかし、イゴールは違った。

「椎名がイビスの身体構造を理解していると、何を根拠に言えるのだね？」

彼の指摘に対してセルマは落ち着いて返答する。

「調べればわかることですが、椎名ラパーナは看護師の業務全般と麻酔や小規模手術を行える補助医師の資格を持っています。彼女の医療知識からすれば、イビスの身体構造を理解できても不思議はない。

そして彼女は、イビスが自分に対して適切な治療を行なったと言っています。医療従事者が適切な診療と判断できるというのは、単に怪我が治ったレベルの話ではなく、治療プロセスを含めて適切ということになります。

椎名のメッセージ全般を通じてわかるのは、彼女が程度は不明ながらもイビスと意思の疎通を行なっているという事実です。それなしにこのような通信はできません。それが椎名の意思なのか、イビスから強制されているのかは不明としても、コミュニケーションは成立している。

その状況で考えるなら、いつか帰還することを前提に、イビスの生物的側面に関しての情報を集めようとするのが自然ではないかと思います。その彼女が適切な治療と言及しているのは、人類とイビスには生物としての共通点が多いということではないでしょうか？

彼女にはイビスと人類の身体構造の違いを理解できるだけの知識があるのですから」

西園寺は、あのメッセージからここまでを読み解いたセルマの力量に舌を巻いた。しかし、ここでより重要な問題に気がついた。

「我々はこのメッセージについてどう反応すべきか？　そこが問題だ」

「文案の作成ですか。とりあえず受信したことだけ伝えればいいんじゃないですか？」

通信担当のケスはそう主張する。他のスタッフも概ね同じ意見の中でセルマだけが、西園寺の意図を理解していた。

「我々はイビスの観測のために派遣されています。あくまでも情報収集が主目的の任務です。ですから、我々が独自の判断でイビスと接触することは認められておりません。少なくともセラエノ星系に戻り、判断を仰ぐ必要があります」

「セルマの言う通りだ。我々だけでイビスとコンタクトを取ることはできない」

西園寺はそう言ったものの、他のメンバーは必ずしも納得していなかった。

「通信を傍受したことだけでも伝えたらどうなんです？　受信した信号をそのまま送り返すだけなら、別にこちらの情報を与えることにはならないと思いますけど」

ケスはあくまでも通信を送ることにこだわっていたが、西園寺には到底、彼女に同意はできなかった。

「どんなメッセージでも、それこそ解析したメッセージの反復であったとしても、勝手な通信はできない。単純な反復でも、相手には我々の存在を明かすことになる。現在の我々の状況で、自分たちの位置や存在を知らせることが危険を伴うくらいわかるだろう」

「そうだとして、どうするんです。Ｅ２で帰還するんですか？」

それはシェルドンの質問だった。確かにセラエノ星系政府の判断を仰ぐとなれば、E２で帰還するよりない。

「いや、まだいまの段階では帰還できない。探査衛星は惑星バスラの全地表を探査していない。椎名のメッセージは貴重だが、そこから読み取れる情報にも限度がある。わかっていると思うが、イビスが多少なりともこちらの存在に気がついている状況の中、E２で帰還するとなればアイレムステーションの全員が帰還することになる。

つまり、この施設を捨てる覚悟がいるんだ。だから帰還するならもっと情報を持ち帰らねばならん」

アイレムステーション内で、西園寺は必ずしもリーダーとして認められていないと感じていた。しかし、チームの役割分担として、彼がリーダー役であることは否定もされていない。このため、彼の意見には異論はなかったものの、積極的な支持も感じられなかった。

その空気を感じたのか、セルマがケスに話しかけた。

「イビスは光の点滅で我々にメッセージを送ってきた。探査衛星から光の点滅で返信しないとならないけど、それは可能ですか？」

「光の点滅ですか……」

ケスは探査衛星の図面をデータベースから検索する。

「レーザー測距儀の光線を転用すれば、光の波長は異なりますが、同じ点滅周期で返信は可能です」

「ならば船長、その準備だけは進めておくのは問題ないのではないでしょうか？」

セルマは西園寺に提案する。実を言えば西園寺はアイレムステーションの責任者という立場であったが、呼称もはっきりしていなかった。Ｅ２の船長ではあり、アイレムステーションのスタッフに命令できる権利は認められていたが、そこでの呼称は明記されていなかった。セルマはこの状況で、暗にその曖昧な部分を船長で統一したのであった。

「ケス、そのための準備を進めてくれ」

「了解しました、船長」

ケスも察しの良い技術者らしく、すぐにセルマに合わせ、西園寺を船長と呼ぶ。

このようにして二日ほど探査衛星のデータを集めてきた一一月二六日、惑星バスラの詳細も判明してきた。ここではカメラによる詳細な画像データよりも、レーザー測距儀によるミリ単位の土地の計測データによる収穫の方が大きかった。

「これは明らかに人工的に土地を整形したものと思われます」

光の点滅信号が送られた地域より五〇〇キロ以上離れた平原にそれはあった。すでに森林や草原に覆われていたが、レーザー測距儀はそこに、一辺ほぼ一〇キロの明らかに人工的に整地された場所を発見していた。

それは単に正方形に整地されているだけでなく、植物による浸食を割り引いても、地面の凹凸がほぼ水平になっていた。

さらにそこから一〇〇キロほど離れた山岳地帯に接するあたりには、山脈からの河川を堰き止めた小規模なダムの存在が認められた。

「このダムそのものは一部が決壊しており、その周辺も河川に浸食されています。しかし、全体としてはダムの形状であるのは明らかです」

イーユンは探査衛星のデータに興奮気味だった。

「ダムの形状ということだけど、イビスの建設したものだろ？　人類のダムと同じ形状になるかな？」

西園寺のその質問に対して、イーユンはいささかトーンが下がる。

「イビスだろうが人類だろうが、土は土ですし、水は水です。明らかに貯水施設と思われる構造があれば、そこに働く力学に違いはありません」

「まぁ、そうだろうな。だとすると、このダムから一〇〇キロ離れた整地された四角い土地との関係は？」

「人類の事例なら整地された土地は農地であり、ダムは農業用水の供給源となります。ただその場合に建設されるはずの用水網が見当たりません。確かにダム周辺には人工的な河川と思われる掘削地が認められるのですが、総延長は五キロもありません。建設途上で放棄されたのか、このダムが農業のための灌漑（かんがい）施設という予測そのものが間違っているかです」

「なるほど」

　西園寺はモニター画面にエージェントを介してメモを描く。山脈の近くにダムを築く。そこは人類と同じである。そこから一〇〇キロ離れて、農地のような整形された広い土地がある。人間の農地なら、低く見積もっても一〇アール当たり三五〇キロの穀物が収穫できる。一〇キロ四方の農地なら、穀物収穫量は三万五〇〇〇トンにはなる。

人間一人が生きるのに必要な穀物の量を年間二〇〇キロとすれば、単純計算でこの農地で一七万人以上の人口を養える。イビスについて同じ計算は成り立たないとしても、この農地で数万体の個体を養えるのは間違いないだろう。

　もちろんこれがイビスの農地である証拠はない。しかし、そうでないとするとイビスの食糧調達はどうやって行われるのか？　という問題が生じる。イビスが惑星植民を行うにあたって、人類と同様に食糧確保の道筋をつけてから本格的な都市建設に進むと考えるのは、自然な流れだと西園寺には思われた。

「椎名のメッセージによれば、イビスは地下都市ではなく、都市宇宙船に居住している。さらにイビスは微生物についてかなり神経質になっている。この大規模なダムや農地、あるいはプラントと思われる廃墟は、惑星土着微生物によりイビスの惑星開発が頓挫したことを示している。

一方で、いままでの観測結果からすれば、イビスは惑星バスラのテラフォーミングに着手している可能性がある。それは惑星環境の改変というよりも、微生物環境の改変と解釈すればすべて辻褄が合います」

イーユンはここまでの情報をこのように整理したが、セルマはその見解に異を唱えた。

「確かにそれですと辻褄が合うように聞こえますが、単に事実関係をストーリーのために並べ替えたにすぎないように思えます。

たとえば農地やダムを放棄した時期と、地下に都市宇宙船を置いた時期の順番は不明です。農地が微生物の影響で頓挫し、それによりダムの建設が中断するとしても、プラントまで放棄するでしょうか？　それらが頓挫した理由は、単純に経済性の問題かもしれません。

さらに言えば、地表を直接調査せず、椎名以外はイビスとも接触していない現状では、あれらの農地やプラントをイビスが建設したかどうかも不明です。

結果としてイーユン仮説が正しかったとしても、現在の我々に与えられた情報では、そこまでの結論は出せないでしょう」

イーユンは正面から自分の仮説の欠点を指摘されたが、むしろそのことでセルマを評価したように西園寺には見えた。

「テラフォーミングに関しては、セルマさんはどう解釈しますか？」

「率直に申し上げるなら、わかりません。指摘されているように、本来なら惑星バスラはもっと低温で、赤道周辺の低緯度地域にしか生命は活動できなかったというシミュレーションは、私も間違ってはいないと思います。

ただ、シミュレーションのモデルと現実の惑星環境の大きな違いが、イビスのテラフォーミングによるものかどうか、それはわかりません。

惑星全体で大規模噴火が頻発し、暴走的な温暖化が起きた結果という可能性も仮説としては成り立つでしょう」

「なるほど。確かに私の仮説は勇み足だったようです」

イーユンはあっさりと自説を撤回した。わからないものはわからないと言うのが科学者として正しい態度ということらしい。

探査衛星は軌道を修正し、再び地下都市があると思われる地域の上空を通過する。ここでどのような反応があるかを観測するためだ。同じメッセージが反復されるか、あるいは椎名から新しい情報が送られてくるか、いずれかが期待された。

その予測は当たっていた。数日して問題の地域上空を探査衛星が通過した時、再び光の点滅信号が観測された。その内容は予想外のものだった。

「数字ですね、一二一一三七八、一二〇六三七八、一二〇八八七八、〇・〇〇二、一三二二一三五五・五四、数字だけでメッセージはありません。それともここにきて暗号を送ってきたのでしょうか？」

ケスにはその数字列の意味がわからなかったようだが、西園寺にはすぐにわかった。宇宙船の艦長ならわからなければ仕事にならない。ただそれが意味するものは深刻とも言えた。

「最初の数字はアイレムステーションの遠点距離、次が近点距離で、三番目は長半径、そして四番目が離心率で、五番目が秒で計測したここの周期だ。

数値の単位は人類が使うもので、たぶんこの数値をまとめたのは椎名だと思う。少なくとも彼女の協力なしでは、この数字にはならない。

覚悟はしていたが予想以上に早く、この施設の存在がイビスに露見してしまったようだ。彼らは我々の存在を知っている」

探査衛星の速度の関係で、伝達できる文字数に制限があるためか、この信号には数字しかなかった。しかし、そこにあるメッセージは明快だった。イビスはすでにアイレムステーションの位置を特定している。

西園寺やほとんどのスタッフがそう解釈したが、一人、セルマは違った。

「この数字列は確かにアイレムステーションの軌道を示しています。しかし、我々の現在位置を正確に把握していると解釈するのは早計では？」

「どういうことです、セルマ？」

西園寺はその根拠が知りたかった。

「まず、我々の正確な位置を把握しているなら、イビスは直接我々にコンタクトを試みるのではないでしょうか？　一度は宇宙船でギラン・ビーの前に現れたんです。最初のメッセージでは返信を求めていました。彼らが我々とのコミュニケーションを求めているとしたら、アイレムステーションの前に宇宙船を派遣するのが自然だと思います」

「なら、この数字はどこから求めたと言うんですか？」

ケスはセルマに喧嘩腰で尋ねる。

「探査衛星に指令を送った電波を傍受していたと考えるのが一番妥当です。信号のドップラー効果による周波数の変化を分析すれば、アイレムステーションの運動速度が割り出せます。

運動速度がわかれば、それに該当する軌道半径も絞り込めます。電波の発信方向を継続的に観測すれば、位置についても割り出せる道理です。軌道が読まれている探査衛星からの定時報告は、我々の存在を秘匿するという点では失敗だったかもしれません。

さらにアイレムステーションの建設と並行して探査衛星の投入は行われていましたから、あるいはその時点でイビスは我々の活動自体をある程度は把握していたかもしれません。

それでも探査衛星よりも一〇〇倍以上は遠方に位置するアイレムステーションの座標を特定していないというのは、イビスの技術力を考えると疑問が残りますが、現実に特定されていると判断する材料はありません」

西園寺は、気になっていた椎名のメッセージの意味が氷解する気がした。彼は壁のモニターに、アイレムステーションの建設過程の映像を表示させる。

「セルマの仮説を聞いてちょっと思ったんだが。

アイレムステーションの軌道は、モジュールが追加されるごとに、修正が行われていた。イビスが電波信号だけで我々の活動を観測していたなら、アイレムステーションが小規模ながら軌道を頻繁に変化させていたように観測されただろう。

そう考えると『この通信を解読している人類の宇宙船に報告します』との冒頭部分は、

イビスか椎名のいずれかがこの施設を宇宙船と解釈していることになる。

この場合、イビスが宇宙船での接触を試みないのは、前回の邂逅では宇宙船の出現とともに青鳳も明石もセラエノ星系に戻ってしまったためだろう。イビスとしては人類の宇宙船が自分たちの前から消えないことを望んでいる。だから椎名の名前でメッセージを送ってきた。そういうことではないか？」

「しかし、それならどうして地面で光を点滅させるという手間のかかる手段を用いるんです？　電波なりレーザー通信くらいイビスにだってあるでしょう」

ケスの指摘はもっともだった。じっさい西園寺の仮説でもそこが一番弱い部分だ。

「一番素直な解釈は、イビスが惑星バスラの低軌道の衛星しか観測できず、惑星外に通信を送る設備がないからではないでしょうか」

セルマのその意見は、西園寺を含めて他のスタッフを呆れさせた。ワープ宇宙船を保有する文明が、電波やレーザーで通信を送れないなどあり得ない。そんな反論を予想してか、彼女は事実関係を整理する。

「まず、椎名のギラン・ビーが惑星軌道上に進出した時、イビスの宇宙船は現れましたけど、電波通信は交わされていない。この時点ではフォーマットも回線もわからないので、それは当然かもしれません。しかし、それと同時に、惑星バスラからの電波送信も行われていない。

もしも、立場が逆であればどうか？　セラエノ星系に未知の宇宙船が現れたとして、いきなり宇宙船で接触しますか？　まず電波信号なりレーザー光線での信号のやり取りから最低限度の意思の疎通を試みると思います。

にもかかわらず、彼らは宇宙船で現れた」

「つまりこういうことか、セルマ。イビスは宇宙に向けて電波を飛ばすインフラがないから宇宙船を飛ばした、そういうことか？」

西園寺の質問に彼女は答える。

「多分それは正確ではないと思います。椎名によると彼らは都市宇宙船に住んでいるので、惑星外の存在と通信が必要なら、地下から軌道上にワープすればいい。だから地上に通信インフラを整備する必要もない。そもそも地上で生活できない可能性さえあるんです。

惑星の比較的低い軌道を監視する程度のインフラでも彼らには十分なのだと思います。軌道上に同胞が来たら都市宇宙船ごとワープして邂逅すればいいわけですから」

人間の流儀とは著しく異なっているが、セルマの仮説は確かに状況をうまく説明してくれる。イビスとしては人類がコンタクトする明確な意思を示さない限り、都市宇宙船でのワープは徒労に終わると考えているのだろう。また安全が確認されない限り、未知の知性体の前に都市宇宙船を晒すというのは高いリスクだ。椎名が誠意を持ってイビスと対峙していたとしても、それで人類の総意を判断したりはしないだろう。

「しかし、仮にセルマの仮説が正しいとしたら、我々は身動きとれんな」

西園寺は状況が思った以上に面倒なことに気がついた。アイレムステーションから何某かのメッセージを送ったとして、それによりこちらの位置を特定し、イビス側が宇宙船をワープさせた場合、自分たち七人は全長数百メートルの都市宇宙船と対峙することになる。イビスに悪意がないとしても、そのままアイレムステーションがイビスの宇宙船に飲み込まれることとさえ覚悟する必要がある。そうなると自分たちはセラエノ星系にイビスの情報を何も持ち帰れない可能性も出てくる。

一方で忘れてはならないのは、椎名の安全だ。自分たちの存在を知られている中で、彼らからのメッセージにまったく反応を返さなかったならば、椎名に利用価値がないと判断される可能性もある。

あれもこれも「可能性」ばかりであるが、現実問題としてイビスに対しては確実な情報はほとんどないのだ。

「現在の状況を整理すると、我々は惑星バスラの情報とイビスからのメッセージをセラエノ星系に伝えなければならない。これは我々がイビスに拉致されるような事態を避けるということでもある。

一方で、我々の行動について椎名の不利益にならないことも考えなければならない。返信が欲しいという彼女からのメッセージに反応しないことは、この観点では望ましい対応ではないと考える。

以上のことを考えると、我々は全員、E2によって帰還する。しかし、その前にイビスに対して返信を行おうと思う。それはコミュニケーションの意図があるとイビスに伝えると同時に、伝達する情報は最小限度にしなければならない。

これは、メッセージを送ることに対する責任は私が負うとしても、我々だけで適切なメッセージの内容を起草する権限まではないためだ。結論を言うならば、椎名から送られてきたメッセージをそのまま返すことになる。

メッセージは椎名の名前で送られた最初のものと、アイレムステーションの軌道要素を送ってきたものの二つある。

どちらを返信しても状況に変化はないだろうが、相手へのメッセージ性では、アイレムステーションの軌道要素を含めた二つ目を返信するほうがベターな判断と思う」

西園寺の意見に特に反対はなかった。そもそもこの人数と機材では可能なことは限られているし、これ以上の行動はセラエノ星系へ帰還し、政府の判断を仰がねばならない。

「それでしたら」

セルマはモニターに一群の数字列を表示させる。

「いま惑星バスラを周回している探査衛星があります。その軌道要素を送ってはどうでしょう。椎名から送られてきたのは、アイレムステーションの楕円軌道のパラメーターですけど、軌道の方向や衛星軌道面の定義、施設の位置を意味するパラメーターは含まれていません。

我々は探査衛星について便宜的ではありますが、そうしたパラメーターを設定していま す。このパラメーターの意味はイビスには通じなくても、椎名には通じます。数字列に未知の要素を含めることで、イビスにとっての椎名の存在価値を高めることも期待できると思います」

セルマの提案は、西園寺も考えなかった視点だ。人工衛星の軌道要素パラメーターの記述方法は人類全体で共通であるから、椎名なら解読できる。そして衛星の軌道面や方角の定義が伝わったならば、おそらく椎名から改めて、アイレムステーションの詳しい軌道要素が送られてくるだろう。

さらにセルマは続ける。

「実はこのアイレムステーションの軌道パラメーターを見た時から、違和感を覚えていたんです。昇交点や軌道傾斜角のパラメーターが抜けていることが。椎名さんが軌道要素を知らないはずがないんです。

西園寺船長がおっしゃるように我々を宇宙船と判断し、軌道を変化させられる相手としてパラメーターを省いた可能性も考えられます。

しかし、それよりも何かの意図があってのことだと思います。欠落している要素を補うことを求めるような」

セルマの指摘が重要なのは、軌道要素のパラメーターが完璧に揃うなら、アイレムステーションの位置を完全に把握できるということだ。セルマが最初に疑問に感じていたように、本当にイビスはアイレムステーションの位置をピンポイントで把握しているのかいないのかが判断の分かれ目となる。

位置を正確に把握していないなら、軌道要素の詳細なデータを送れば、イビスはアイレムステーションの正確な位置を特定し、宇宙船を送るなり何なりのアプローチができる。

しかし、そうはいっても西園寺は、アイレムステーションの軌道要素をイビスが知らないという可能性はやはり低いと考え直す。たとえば西園寺たちが知らない間に宇宙船を飛ばしていた可能性だってあるのだ。

そうなるとイビスはアイレムステーションの軌道要素を知っているが、あえて位置を特定できるパラメーターは伏せていることになる。この場合、自分たちが完全な軌道要素を送り返すことは、イビスに対して危害を加える意思がないと伝えることにならないか？少なくとも位置を明らかにすることで、害意があるとは認識されまい。

そして、それはそのまま椎名の安全にも寄与することになるだろう。

「まず、探査衛星には、自身の完全な軌道要素だけでなく、アイレムステーションの軌道要素も送信するようにプログラムしてくれ。探査衛星は惑星からも観測できるから、パラメーターを実測し、我々のデータが正しいことを伝えられる。その上で、アイレムステーションの軌道要素も送信する。

それと同時に、我々はE2でセラエノ星系に帰還するが、施設に連結しているギラン・ビーは、危機管理の観点からアイレム星系に残置する。万が一にもイビスの宇宙船が現れる事態に備えギラン・ビーはステーションから数万キロ離れ、その後の出来事を記録するようにこちらもプログラムする。

こうすれば、最悪、アイレムステーションが捕獲されたとしても、ギラン・ビーさえ回収できれば情報は手に入る」

方針が決まってからの対応は早かった。必要な手順を行い、アイレムステーションやギラン・ビーにプログラムを施す。

そうして七人の乗員は、E2に移動する。どこまで意味があるかわからないが、宇宙服を着用し、さらにステーションから予備の酸素や二酸化炭素吸収剤、飲料水やレーションパックもできるだけ積み込む。

水やレーションパックは万が一に備えてだが、ワープに失敗したならばほとんど意味はない。宇宙服だけの時より一〇日ほど長生きできるだけだ。それよりもこれらは放射線遮蔽の意味合いの方が強かった。

荷物の積み込みが終わったら、帰還準備に入る。加速に備え七人が二列、三列、二列の並びで席に着く。三人席の中央が西園寺だ。制御用のコンソールはタブレット端末で、七人の宇宙服の状況が表示され、全員に異常がないと確認されると、帰還シーケンスが始まる。

すべては自動で行われ、この段階で西園寺にできるのは、中止ボタンを押すことだけだった。

そしてE2は惑星レアの周回軌道上、軌道ドックへの進入軌道へとワープアウトするはずだった。

だがワープアウトの瞬間、タブレット端末は赤い警告文字を表示する。

「現在地、不明、ナビゲーションシステム再起動中」

西園寺は、タブレットがこんな時でも一一月三〇日と、日付だけは正常と判断するのが不思議だった。

2　ワープ航路探査

一一月二五日・セラエノ星系

無人探査機Ｅ１による、ワープ航路探査実験はこの日から始まった。ここまで星系内をワープさせ、装置が設計通りに機能することは確認されていたが、試験回数は最小限度にされていた。Ｅ１の母体となった軽巡洋艦コルベールは恒星間宇宙船とはいえ老朽艦であり、ワープ機関の寿命という問題もあったためだ。

実験を担当するのは工作艦明石であった。製造したのが明石であることと、修理が必要な時も迅速に対応できると判断されたためだ。

狼群妖虎（ろうぐんようこ）は松下紗理奈とともに、工作室に特別に設置された制御室に詰めていた。明石のブリッジでも情報収集は可能だが、艦の運航を目的とするブリッジで片手間にＥ１の実験データを集めるのは非効率との判断からだ。

「一〇分後に、我々から三〇万キロ離れた領域にワープアウトするはずです」

松下は実験のスケジュールとセラエノ星系の現在時刻を見比べていた。そこにはSR1と書かれた表示とカウントダウンが記されている。SRとはワープのためのルート探査(Search Route)の略であり、数字は実験の回数を意味する。最初の実験なら1、二回目なら2と増えてゆく。この数字がミッション番号となる。

実験内容については妖虎も十分わかっていたが、それでも若干の不明点はあった。松下もワープ工学で博士号を取得していたが、かなり理学寄りであった。それに対して妖虎の博士号はワープ機関の制御機構に関するものであった。このためワープ航法により航路開拓を行うような場面では、妖虎も松下の実験計画の意味を図りかねる面があった。

セラエノ星系にはワープ工学の大家としてミコヤン・エレンブルグ博士がいたが、彼は自分のスタッフとともに青鳳から独自に実験データを集めていた。これは明石のチームとは異なる視点で実験を観察することを期待したものだった。

このワープ航路開拓のデータもマネジメント・コンビナートに提供される予定だが、さすがに分野が特殊すぎるため、有効活用できる人材がどれだけいるかは不明だった。それでも情報が公開されるのは、それがマネジメント・コンビナートの原則であるからだ。

制御室のメインモニターには、ワープアウト予定領域の映像が表示されていたが、いまは単なる星空でしかない。他にも専用のレーダーがただ走査線だけを無意味に旋回させている。

「E1が一〇分後に計画位置へ帰還しなかったとしたら、E2を航路開拓用に転用するしかないわね。行方不明になれば、そのパラメーターは使えない」

妖虎の意見に松下は珍しく反論した。

「私の計算が正しいなら、二〇年後にE1からの電波を受信できる可能性があります」

「二〇年後？　どういう計算？」

妖虎は、唐突に飛び出してきた二〇年後の意味がわからなかった。

「ワープの移動距離と投入エネルギー量は、単純な比例関係ではありませんが、一般的な傾向として投入エネルギーが大きければ遠距離ワープが可能です。

E1については、ワープ機関の重量あたり投入エネルギー量を通常よりも増やしています。これまでのワープ機関の経験から、一〇光年のワープを可能とするエネルギー量に設定しています。帰還できないとしても、一〇光年以内ならボイド内なので、信号を受信することはそれほど難しくありません。ワープアウトする場所も比較的狭い領域に設定していますから。

一〇光年先にワープアウトするのは我々の尺度で一〇年後ですから、信号が届くまでに一〇年かかるので一〇年プラス一〇年で二〇年です。

ですから、いまの実験が失敗したとしても、二〇年後に信号が受信できたなら、何が起きたのかを知る貴重な情報が手に入ります。逆に二〇年後に何も受信できなかったなら、我々は未だワープについて何もわかっていないことになります」

「二〇年後か……」

妖虎が松下と一緒に仕事をするようになってわかってきたのは、彼女の楽観主義だった。妖虎は「二〇年も」と考えてしまうが、松下は「たった二〇年で」と捉えているらしい。確かに情報の入手が二〇年後でも、何も入手できないよりは大きな前進だ。

科学停滞の時代に、それを復興しようと考えるなど楽観主義がなければ無理だろう。科学の復興は妖虎も考えていた。しかし、それは松下とは違って、危機感が動機だった。

自分と松下の方向性の違いがあるからこそ、仕事面でも適切なバランスが取れているのかもしれない。

もっともここで松下のいう一〇光年とは、経験則で求めた一〇光年ワープするために必要なエネルギー量のことだ。Ｅ１によるこのワープ実験で重要なのは、やはりアイレム星系にワープアウトしてしまうのか、それともボイド内からは脱出できないものの、アイレム星系以外にワープ可能なのかを検証することだった。

実はいまセラエノ星系からアイレム星系へのワープのパラメーターは、それぞれの星系にワープするためのものではなかった。たまたま地球圏に向かうためのパラメーターでアイレム星系にワープできたので、それがそのまま利用されているのであった。

それ以外のパラメーターでどうなるかはわかっていない。ボイドの時空がどのような変貌を遂げているかわからない状況で、有人宇宙船で実験するにはあまりに危険すぎるとの判断だ。それがいまE1で検証可能となった。

とはいえ、いきなり遠距離ワープの実験では、E1が未帰還となった場合に何もデータは残らない。このためエネルギー量を抑えて地道な実験から始めようとしていたのだ。

そうしてSR1のカウントダウンが〇となり、エージェントが時間の到来を告げる。それと前後してE1が予定時間に、ほぼ予定されていた領域で確認されたとの報告が届いた。E1との距離は三〇万キロほど離れているので、電波の往復だけで二秒かかる。一連のコマンドのやり取りが行われ、E1のコンピュータから観測データやシステムのログが送られてくる。

「SR1は成功ね」

妖虎は思ったほどの感動がないことに自分でも驚いていた。ここまでの成功は想定して準備していた。確かにワープの原理はわかっていないとしても、運用経験からして、この程度のことを成功させるのは難しくはない。

ＳＲ１のミッションではセラエノ星系からの電波受信も含まれていた。電波の到達時間が遅いとか波長に変化があるとすれば、ブラックホールなどの影響が発見できるかもしれないからだ。

しかし妖虎たちは、そのＥ１からの通信傍受データに信じられないものを認めていた。

「ＳＲ２の信号って、どういうこと？」

妖虎はそれが理解できなかった。ＳＲ１からＳＲ４までは、航路探査よりもＥ１の試験運転の意味が強かった。機械として設計通りの動きを示してくれなければ、安心して航路探査に使うことができないからだ。

それもあって四回のミッションでは、それぞれワープアウト後にそこに二時間滞在し、自身の状況を電波で報告するようになっていた。それぞれのミッションでは、先行する探査機から発信された電波信号を傍受するようになっていた。それぞれの通信を傍受することで、ＳＲ４で先行する三つの電波源から座標を割り出し、ワープの精度を確認するのである。

だから最初のミッションであるＳＲ１で、まだ行われていないＳＲ２の電波を傍受するなど、それ自体があり得ないことなのだ。

「分析しましたけど、フォーマットは正しくSR2からの信号です」

松下も困惑気味に報告する。そして彼女なりの仮説を妖虎に展開する。

「可能性は三つ考えられると思います。

一つは、SR1はSR2よりも未来にワープアウトし、戻ってきた。

もう一つは、SR2がSR1よりも過去にワープアウトしてしまった。

以上の二つはSR1かSR2のどちらかは、正常な時間でワープした場合です。しかし、第三の可能性として、ボイドの空間に何か質的な変動が起きており、少なくともセラエノ星系から一〇光年離れた領域では因果律が成立しないのかもしれません」

妖虎がここで思い出したのは、津軽と青鳳のニアミスだ。あの事故で、津軽が予定よりも過去にワープアウトした可能性が指摘されていた。それは時間にすれば三〇分程度であったが、過去は過去だ。

この件は、ニアミスという非常に稀な事例のため、データそのものの信頼性についても疑念が持たれていた。何よりもワープ航法が実用化された二世紀近い歴史の中で初の報告事例となればなおさらだ。

しかし、どうやらセラエノ星系と地球圏との交通が遮断された原因に、この本来の時間よりも未来あるいは過去にワープアウトしてしまう現象がありそうだ。

「いまE1はSR2実行に向けて整備中だけど、ワープパラメーターを少し変更しましょう。SR1で傍受されたSR2のパラメーターと違うパラメーターのワープを行なった時、どうなるか？　うまくゆけば、この実験でワープ現象の原理を解明する糸口が摑めるかもしれない」

こうして若干の変更を加えたのちにSR2は実行された。パラメーターの変更のために、E1は帰還しないという意見もあったが、SR2も成功し、無事にE1は帰還した。

SR2では変更したパラメーターに従い、E1は一〇光年先にワープアウトしていた。そしてSR1からの信号を傍受していた。

予想されていたことではあるが、最初に帰還したSR1で傍受されたSR2のパラメーターは最初の計画のままで、実行したSR2のパラメーターとは違っていた。つまりSR1で傍受したSR2のパラメーターは、本来存在しないはずだった。それはあくまでも最初の計画時に用意された実行されないパラメーターだったのだ。

しかし問題を複雑にしたのは、E1による三回目の実験であるSR3であった。ワープの試験そのものは、計画通りにワープアウトし、帰還した。しかし、SR3で傍受した信号が問題だった。

SR1の信号を傍受したのは計画通りだった。ところがSR3では二つの異なるSR2の信号を傍受したのだ。これを便宜的にSR2aとSR2bとする。

まずSR2aとは、先のSR2により実際に送信した信号であり、これは予定していたものだ。ところがもう一つのSR2bは最初にSR1が傍受した、計画だけで送信していないSR2の信号であった。

実際にSR2で送信された電波の方向は、SR2aの座標と矛盾していない。そして計画だけで送信されていないSR2bについても、電波の方向自体は計画時のものとやはり矛盾していない。

「この、計画だけで実行されていないSR2bの電波は、どこから現れたの？」

これればかりは妖虎にも見当がつかない。確かにワープ宇宙船はタイムマシンと呼ばれることもあれば、ワープ航法の原理がわかっていないのも事実だ。

しかし、そうであるとしても、同時に別の座標に存在する同一の宇宙船の信号を傍受するなどあり得ない。それくらいのことは妖虎にもわかる。にもかかわらず、そのあり得ないことが起きている。

「この不可解な現象が、我々をボイドの外に出ることを許さないのか？」

妖虎に言えるとすれば、そこまでだろう。しかし、松下はしばらくSR3のデータを熟読していたが、ある仮説を口にする。

「必ずしも、あり得ない状況ではないかもしれません」

「えっ、どういうこと、紗理奈？」

松下は仮想空間上に一つの図を描く。

「もしもＳＲ１がＳＲ２の通信を傍受しなかったとすれば、ＳＲ２は計画通りのパラメーターでワープを行い、ＳＲ３が傍受するのはＳＲ２ｂとなります。この場合はＳＲ２ａが実行されませんから傍受されないことになります。

ですから、ＳＲ２ｂが送信される状況はあり得ます」

「つまり私の意思によって、何ていうか、ＳＲ２はＳＲ２ａとＳＲ２ｂに分岐したということ？」

そうは言ってみたものの妖虎もその可能性には懐疑的だった。ワープ航法が実用化される前から「ワープで過去に戻って情報を改変する可能性」が議論されていた。これは別の表現をすれば「ワープアウトによって入手した情報をもとに、ワープ前の過去に戻り、意思決定を変え、歴史を改変する」ということである。ＳＲ２がＳＲ２ａとＳＲ２ｂに分岐するというのは、そうした意味を持つ。

しかし、二世紀近い歴史の中で、そのような事例は一度も報告されていなかった。ワープによって同じ時間に同じ宇宙船が二ヶ所に存在したなど、今回のE1の実験が初めてだろう。

だが松下の仮説は、そうした従来のものとも違っていた。

「まずSR1が行われ、計画通りに帰還したとします。その場合、SR2は計画通りに実行されるでしょう。ただ、このSR2が予定時間よりも数時間だけ過去にワープアウトしたとします。そこでE1はプログラムに従い、信号を送信し、帰還する。この時の信号がSR2bになります」

「それで？」

「SR2bはSR1よりも前に信号を送信しています。なのでSR1がワープアウトすれば、SR2bを傍受します。

ここで重要なのは、我々はSR1の帰還によってSR2bの存在を知ることです。これにより我々はSR2aを実行する決定をする。そしてSR2aは信号を送信し、それから帰還する。さらに見落としてはならないのは、SR2aはSR2bのように過去にはワープアウトしていない」

「ちょっと待って」

妖虎は、松下の仮説に矛盾点を認めた。むしろこんな単純な矛盾に松下が気がつかないのが不思議だった。

「我々はＳＲ３を行なった。いまあなたが目にしているデータもそれによるもの。ＳＲ３はＳＲ２が帰還してから実行された。だとすると、帰還してきたＳＲ２はＳＲ２ａなの？それともＳＲ２ｂなの？」

「時系列で言うならば、まず最初のＳＲ１をＳＲ１ａとします。ＳＲ１ａが帰還して、ＳＲ２ｂが実行される。この情報を受け取ったのがＳＲ１ｂとします。ＳＲ２ａはＳＲ１ｂが帰還してから行われました。

そしてＳＲ２が帰還してＳＲ３が実行されますが、どうも帰還したＳＲ２はａでもｂでもなく、ＳＲ２ｃとでも評価しなければならないもののようです。こういう表現は適切とは思えないんですが、イメージで言えばＳＲ２ａとｂが合体してＳＲ２ｃになった」

「その根拠は？」

「ＳＲ３前のＥ１のデータはＳＲ２ａの記録と矛盾しない内容です、ただ一つ、エネルギー消費量を除いて。ワープの回数で二回分に相当するエネルギー量が減っている。信号受信にしても、確認された信号と消費エネルギーが一致しません。

ＳＲ２ａではＳＲ１の信号しか傍受しなかった理由はわかりませんけど、パラメーターを変更した結果、ＳＲ２ｂの信号を受信できない位置にいたか、あるいはＳＲ２はａもｂ

も互いの信号は傍受できないのかもしれません。いずれにせよエネルギー消費量が増大している事実からして、ここまでの実験で我々には認知不能のワープが行われた可能性があり、それは時間の逆行に関わる」

松下の説明は妖虎をある部分で納得させたが、それでも大きな問題が残っていた。

「事実関係の説明はその仮説で良いとして、一つ問題が残る。SR2のパラメーターを変えるか、変えないか、そこでの意思決定はどう説明するの？」

「意思決定と結果の問題は、正直、私にもよくわかりません。ただ、一つ言えるのは蓋然性だと思います。たとえばSR1の後でSR2をどうするか？　実は選択肢は三つしかない。一つは実験の中止、二つ目は何も変えないで実験の続行、三つ目は我々が行なったパラメーターを変えた上でSR2を実行するの三つです。

工作部長の判断は私も合理的だと思いますし、私が部長の立場なら同じ決定をしたと思います。でも、実験の意思決定を別の人物が行うならどうなるか？　たとえばエレンブルグ博士なら先の例では三つ目ではなく、何も変えない二つ目の選択肢を選んだと思います。実験の再現性を重視する人ですから。あるいは津軽の西園寺なら予想外の結果が出たら実験は中止するはずです。彼は予想外の事態に直面したら、一度は引く人ですから」

妖虎は、何となく松下の言いたいことがわかった気がした。

「つまり蓋然性ということを考えると、ある条件に直面した時、私が行う意思決定は、私の主観では選択だけど、客観的には既定のことだというのね？」

「そうです。ですから時間逆行が起こるとしても、SR2aとbが発生するのは工作部長が意思決定をするときだけです。そう考えると、認知不能のワープを含めて全体のシナリオは、誰が意思決定を行うかが決まった時点で、刺激に対する反応の蓋然性から一意に決まるのだと思います」

松下の仮説は妖虎を驚かせた反面、自分たちがワープ現象の本丸にかなり肉薄している手応えは感じていた。

「それでどうなの、紗理奈。いままで報告されていない時間の逆行現象がボイドで起こっているから、我々はボイドから出られないってこと？　ボイドから脱出できる蓋然性が用意されていないというべきか？」

「その可能性はあると思います。ただ、ボイドのような環境で、いま我々が行なっているような実験がなされたことはありません。私自身は、時間の逆行は条件さえ揃えば起こり得るが、それは我々に認知できない現象を伴うので、報告されていない気がします。

そもそもワープ航法では、目的地からの帰還時に行われるのは出発地点と出発時に向けての移動であり、それは解釈によっては時間の逆行とも言える。通常は出発時間よりも前過去に戻ることはありませんが、ＳＲ２ｂに関しては、ワープアウトの時点で出発時よりも過去に移動した。もしも我々が認知できないだけで、ワープには出発時よりもさらに過去方向への時間の逆行も普通に起こり得るなら、我々がボイドから脱出する可能性も見えてくると思います。それよりも、条件はほぼ同じはずのＳＲ２ａとＳＲ２ｂで時間の逆行が起きたり、起きなかったりする理由こそが重要だと思います」

ＳＲ４の実験計画用のパラメーターはすでに決められていたが、妖虎はここで変更を決めた。自分たちが計画だけで実行しなかったＳＲ２ｂのパラメーターでのワープを実行したのだ。

すでに最初の実験から数時間が経過しており、ＳＲ１の信号などは予定するワープアウト地点では受信できない。予定地点で傍受可能なのはＳＲ３の信号だけだ。だがＳＲ４が過去にワープアウトしたならば、ＳＲ２ａとｂの信号も傍受可能なはずだった。

こうして帰還したＳＲ４のデータはＳＲ３の信号だけを傍受していた。つまりＳＲ４は、過去にワープアウトしたＳＲ２ｂと同じパラメーターなのに過去には移動していなかった。

「ＳＲ２ｂのパラメーターの中に過去にワープアウトする条件が含まれていると思ったのですが、そう単純ではなさそうですね」

松下はデータを分析してそう感想を述べるが、それほど落胆しているようには妖虎には見えなかった。

「あんまり落ち込んでいないのね？」

「落ち込むというか、この実験でこんな結果が得られるなら大収穫だと思います。それにSR4の結果から判断すると、ワープで出発時よりも過去に行くことは可能だが、それには宇宙船だけではなく、宇宙空間の何かの条件が必要なのもわかったと思います。断言するには時期尚早ですけど」

E1の機械的な性能試験はSR4までで終了した。これ以降は新しいワープ航路の開拓に入る。妖虎としても余裕があれば実験は続けたかったが、再現性のない現象に対して方針も立てられないまま実験は継続できなかった。そこまでの自由裁量は政府からも与えられていない。

最大の問題は、無人探査機E1の母体となった軽巡洋艦コルベールが老朽艦であったことだ。今回のようなワープ途絶がなかったら一〇年以内に廃艦処分となるような宇宙船であり、その機関部を利用しているE1やE2の寿命にはそれほど余裕はなかった。

限られた回数のワープしか行えない無人探査機を計画外の実験に用いるのは難しかった。さらに松下の仮説が正しければ、E1は認知されていないワープを二回余計に行なっている可能性があった。それならばなおさら計画外の実験はできない。

こうしてここまでの情報をセラエノ星系政府に報告したのちに、SR5からSR14までの一〇回のワープ実験を行なった。一〇回で一区切りをつけるのは、整備のためだ。ワープのためのエネルギー投入量を増大しながらパラメーターを変化させるので、E1が帰還しない可能性は常に考慮することになる。

どのパラメーターをどう変化させたら未帰還となるか、その範囲を絞り込むためには、前提としてハードウエアの状態が同じであることが求められた。そのため一〇回ごとの整備が必要なのである。

こうして集められたデータは、一度、明石で整理されたが、結果は意外なものとなった。基本的にどのワープパラメーターもそれほど大きな違いはない。だからどのミッションでもワープ距離は一〇光年だった。しかし、例外もあった。ミッション番号SR7では一二光年をワープし、SR11では一五光年もワープした。

一方で、SR13ではなぜか七光年にとどまった。投入エネルギーは同じにもかかわらず、かなり極端な違いが生じたことになる。

もっとも地球圏とセラエノ星系にしても一〇〇〇光年以上離れていると思われていたが、ワープは可能であり、ワープ距離と投入エネルギーは比例関係にないことは、ワープの黎明期より知られていたことだ。

ただそれでも一光年から一〇光年までの距離では、投入エネルギー量と概ね比例していた。それがここまで大きな変動を示すというのは、やはり過去にほとんど報告がなかった。

「おかしいですね」

松下はここまでのデータを制御室のメインモニターで一覧にすると同時に、明石の主要メンバーの視界の中にもそれを共有させた。

「機械試験のSR4までのミッションも含めSR14まで、E1はただの一度もアイレム星系にワープアウトしていません。帰還するときは常にセラエノ星系です。いままでの宇宙船の運航では、アイレム星系とセラエノ星系との往復だったのに、E1での実験だけは、アイレム星系には到達しません」

五光年は一〇光年より近い。津軽や青鳳は地球圏に行けるだけのエネルギーを投入して、五光年先のアイレム星系にワープアウトした。対してそれよりわずかなエネルギーのE1は一〇光年もワープした。これは明らかに矛盾です」

妖虎は松下とは別の印象を持った。ワープの目的地設定は、単純にエネルギー量だけでは決まらない。ただ従来の経験からいえば、E1の挙動こそが正常で、セラエノ星系とアイレム星系にワープできることこそが異常なのだ。この問題は自分たちが考えていたような局所的な現象ではないのか?

妖虎がそう考えるのは、ボイドの空間にどんな変化があったとしても、その変化が物理現象であるかぎり、その変容が光速をこえては拡大しないはずだからだ。さらにその変容がボイドのような局所的な現象なら、ボイドの外の空間に出ることで、地球圏へのワープの道が開ける可能性がある。

もっとも「何もない空間へのワープ」を実行するのは必ずしも容易ではなかったが、ともかく可能性が見えてくることこそ重要だ。

一方で、松下は妖虎とは別の視点でデータを見ていた。

「データログを整理すると、いままでの実験の結果だとアイレム星系とセラエノ星系の共通重心を通過していないようです。ボイドの中で唯一絶対にワープできないのが、この共通重心ですね」

「どういうこと?」

妖虎は、共通重心にワープできないという点を重視した。二つの星系の共通重心こそボイド脱出の糸口という意見があったためだ。

「簡単に言えば、ボイドという特殊な環境の中で、我々はついアイレム星系とセラエノ星系の二つがあると考える。しかし、ワープ工学の視点で見れば、アイレム星系とセラエノ星系は五光年の隔たりを持っていながらも、連星系であるため、一つの星系と見なされる。何もない空間にある共通重心が、こういう表現が許されるならボイドの質量の中心であるわけです。

このためセラエノ星系やアイレム星系から共通重心へのワープは、出発点と目的地の区別が定義できないので、ワープ不可能というわけです。なにしろアイレム星系もセラエノ星系も同じ一つの星系と扱われるので」

「ちょっと待って、紗理奈。それならアイレム星系とセラエノ星系間でワープできるのは矛盾しない？」

「実はこの件には、二つの大きな矛盾があるんです。いままでの話は、セラエノ星系やアイレム星系から共通重心にはワープできない理由です。

ここで最初の矛盾は、いままで地球圏とセラエノ星系の間でしかワープできなかったことです。本当なら五〇％の確率で、地球圏からはセラエノ星系かアイレム星系のどちらかにワープできなければならなかった。

もう一つの矛盾は、地球圏とのワープができなくなった途端に、アイレム星系とセラエノ星系間でワープが可能となったことです。

ボイドのような構造の星系は他にないので、類似事例の報告はないのですが、それでも明石や津軽のワープログを精査すると、起きていることの一部については解析できます。セラエノ星系からワープするとアイレム星系に到着し、そこからワープするとセラエノ星系にだけ到達する。理論的にはワープに失敗する確率も五〇パーセントはあるはずなのに、それは観測されていない。

とはいえ、これも起きた現象の説明であって、どうしてこうした現象が起こるのか？

その理由まではわかりません」

「いままで実験していたE1のワープが共通重心を通らなかったのは、ボイド内の空間へのワープだったから座標を見失うことがなかったためか」

妖虎はなんとも言えない落ち着かない気分になる。自分たちはいままで知られていなかった多くの知見をこの実験で得たものの、やはりどうしてワープ現象が起こるのかについてはわかっていないからだ。ヒントばかり与えられて、答えがわからないクイズのようだ。

それは松下も同様だったらしい。

「地球圏からセラエノ星系にワープアウトする航路が開けていたのが、どうやら奇跡に等しいほど稀な現象であったようです。もともと非常に不安定な航路だったのかもしれません。ボイド内を彷徨う未知のブラックホールがあるとか、可能性は幾つも考えられます。

この半世紀ほど利用できたセラエノ星系と地球圏との航路が開いていたのがむしろ例外

的な事象で、ワープできない現状が自然という可能性さえあります」

妖虎は松下の仮説には説得力を感じたものの、それをいま報告するのは早計と判断した。特に一回ではあるが時間を逆行した事例があることから、類似の事例が再現されるかどうかが重要となる。そもそもSR1とSR2の実験結果を、本当に時間の逆行と解釈するのが妥当なのかも議論の余地があった。

そこで最初の実験計画に従い、SR30を終了するまでデータ収集に専念することとした。現状で報告してしまうと政府やマネジメント・コンビナートを混乱させる懸念もあった。

ただ実験の進行は計画よりも次第に遅れ始めた。理由はワープの問題ではなく、E1の機関部の整備に予定よりも時間がかかるようになったためだった。老朽艦を改造した無人探査機なので、修理交換が必要になる部品が次々と出てきたのがその理由だ。

基幹部品の故障の場合は、その時点でワープ不能となり、あるいは帰還できなくなる。現状、そこまでE1は損耗（そんもう）していなかったが、サブコンポーネントに関しては三次元プリンターでゼロから作り直す必要があるものもあった。そうしたことで実験プログラムの進行が遅れたのであった。

それでも遅れが最小限度にとどまったのは、実験が工作艦明石で行われていたためで、同艦が交換部品を製造できることが実験遂行には大きく寄与した。

こうしたことでSR30が実行されたのは、予定より二日遅れた一一月三〇日のことだった。ワープは成功した。だが、帰還プロセスでE1は予定領域には現れなかった。

一一月三〇日・ラゴスタワー

モフセン・ザリフ市長はこの時、助役のアラン・ベネスとともに、密かにラゴスタワーに招かれていた。彼は惑星レアに数えるほどしかない空中を移動する自動車で、アクラ市から首都ラゴスに向かっていた。WIG（地表効果翼機：Wing in Ground-effect Vehicle）による河川移動も考えたが、市長の移動となればどうしても目立つ。

そうなるとラゴスまでの一〇〇キロ程度を最短時間で移動するなら空中自動車が一番となる。完全自動だが、万が一に備えて警備兼操縦士の一人が前席に、後部席がザリフとベネスの二人である。

「閣議へのオブザーバー参加の要請とはどういうことでしょう？」

ベネスは前例のないことに不安を隠せないようだった。そもそも市長を閣議にオブザーバー参加させることは、法的には問題なかったものの過去に例はなかった。

「俺と哲が次期首相選に出馬しないことで、アーシマ首相が二期目の続投を決めたってことじゃないか。大昔の地球には挙国一致内閣とかいうものがあったそうだが、政府の意思決定の場に二大都市の市長を立ち合わせ、行政機構の一体感を作り上げる思惑があっても不思議はあるまい」

ザリフは突然の要請をそう解釈していた。正式な政府発表はまだだが、すでにマネジメント・コンビナートではアーシマ続投は知られており、すべての議論がそのことを前提に動いていた。

「それで市長はどうするんですか？」

「どうするって？」

「だから二年後ですよ。アーシマ続投と言っても、結局は二年の時間稼ぎじゃないですか。基本法を改正して政権の任期を二期から三期に変えることができたとしても、四年に過ぎません。非常事態ということで三期続投は可能としても、四期は市民が許さないでしょう」

「だから俺に出馬しろというのか？」

「資格は十分だと思いますが。哲なんかよりよほどいい。こういう非常時には」

ザリフは自分の助役に噛んで含めるように説明する。

「アラン、君はこれからの二年、セラエノ星系の社会がどう変わるかわかってるのか？」

「さぁ、それは自分にはわかりませんが。市長はどうなると思います？」

「呑気な助役だな。これからの二年がどうなるか、俺もアーシマ首相もわかっちゃいない。というより、一五〇万市民の誰にもわからんだろう。

何の予告もなく星系が孤立するだけでも大事件なのに、ワープ可能な隣の星系には異星人の文明がある。よりによって同じ時期に、人類が初めて遭遇する大事件が二つもこの星系を見舞っているんだ。

孤立した星系で文明世界を維持するためには、すべての資源を投入しなければならない。しかし、ここでイビスがどんな文明なのかによっては、防衛のためにも乏しい資源を割かねばならない。

最悪、生存のために文明の維持を諦め、それこそ薪を焚いて蒸気機関を動かす段階まで後退させねばならないかもしれない。

いまこの瞬間の決断で、未来のセラエノ星系の文明の姿が決まる。二年先にどうなるか、それを語れる段階にはないんだよ」

しかし、ベネス助役は納得しない。

「薪で蒸気機関は悲観的すぎませんか？　一〇〇年先はともかく、二年後ですよ。基本法の枠組みで我々の社会は動いています。それが二年で枠組みが無意味化するとは思えません。イビスにしても、昨日今日アイレム星系で文明を興したわけでもないでしょう。ならばそこまで脅威になる問題とも思えません」

　ザリフはベネス助役の意見を面白いと思った。彼の意見に同意するものではなかったが、確かに基本法の枠組みが瞬時に崩れるというのも極端すぎる意見かもしれない。

「しかし、アーシマ首相はいまここで我々がしたような議論はすでにしているはずだ。そうなると後継者問題という狭い話とは違うかもしれんな。ラゴス市長の哲を首相とするが、アーシマと俺が支える実質的な集団指導体制を目指す可能性もある。どうもこの辺はキャサリンからも情報が入ってこない。閣僚の口が固いというより、アーシマ首相が自分の考えを明かしていないのが実情のようだ」

「仮に集団指導体制となったら、自分もいずれメンバーになるんですか？」

　ザリフはそれを聞いて笑う。ベネス助役が次の市長になる可能性は少なからずある。そうでなければ助役になどしない。ただ、変な部分で脇が甘く、思考が固いところがある。集団指導体制時代になれば、後継者の選び方だって変わる。そういう発想が彼にはない。

「まぁ、まずは市長に選ばれるべく、精進することだな」

　ラゴスタワーの会議室にはアーシマ首相以下の閣僚が揃っていたのは当然として、ラゴス市からは市長の哲秀（てつしゅう）と助役のカトリーヌ・シェルが同席していた。自分たちも市長と助役だから、カトリーヌがいるのは当然とザリフも思ったが、一方で首都からの参加者が二名だけというのは意外だった。

会議室にはドーナツ状の巨大な丸テーブルが置かれ、首相や閣僚は特に序列を意識することなく席に就いていた。ただラゴス市とアクラ市の代表四人は、アーシマ首相と相対する席に就く形だ。

「皆さんにお越しいただいたのは、他でもありません。今後のセラエノ星系の統治機構について道筋をつける議論を行うためです。ラゴス市とアクラ市からそれぞれ二名の方をオブザーバー参加という形にしておりますが、これは法律上、政府の意思決定に参画できるのは閣僚のみという規定に従ったためです。

ですから、市長、助役にかかわらず、行政の専門家として自由に意見や反論を述べていただければと思います。ただ、採決については閣僚の合意もしくは多数決で決定し、オブザーバー参加の皆様は関与できません。そこは了解願います。

なお、ここでの議論は通常通りＡＩが記録しておりますが、原則として非公開とさせていただきます」

「首相、たとえば私がここで退席することは認められますでしょうか？」

哲市長が驚く横で、助役のシェルが質問する。哲秀に次期首相選挙で立候補を取り下げる説得をしたときに、哲本人より難色を示したのが助役の彼女だった。シェルも地球留学組で、いままでの慣例に従えば、哲秀が首相就任後には彼女が市長となり、そして哲首相の後継者となるはずだった。

正確にいうならば、アーシマ市長時代に助役だったのは哲秀ではなく、シェイク・ナハトであり、彼は現内閣では官房長官である。哲秀はナハトの直属の部下から市長になっている。それでもラゴス市助役・市長・首相という流れは、セラエノ星系の歴史では一般的なものだった。

だからザリフ主導でアーシマ首相に対して続投を要請したことは、哲首相の可能性だけでなく、シェル首相の可能性まで遠ざけることになるのだ。

とはいえ、そんな野心家が現首相のアーシマとの会議を退席するというのは、ザリフにはいささか信じ難かった。

「この会議の存在は一定期間は秘密指定に置かれます。その守秘義務を守るのであれば、退席は可能です」

退席の意図をアーシマ首相も理解しかねているのがよくわかった。考えてみれば、シェル助役にしてもかつてはアーシマの有力な部下だったのだ。彼女の性格などはわかっていたつもりだったのだろう。にもかかわらず、退席などという予想外の発言に、首相も当惑しているように見えた。

「再度の質問をお許しください。途中退席した事実もまた、議事録に記録されますか？」

「もちろん議事録の対象となります。カトリーヌ、何を確認したいの？」

アーシマはかつての部下の質問に不穏なものを感じたように、ザリフには見えた。

「いえ、議論の内容によっては、自分の良心に照らして、議論に加わることそのものを拒否すべきかもしれません。意思表示と解釈していただいても構いませんが、その事実が記録されるのかどうか。その確認です」

アーシマは安堵の笑みを浮かべたように見えたが、目は笑っていないのをザリフは見逃さなかった。シェルの発言は、議論の内容が市民に不人気か強い抵抗を生むような場合には、自分は退席し、反対の意思表示をしたことを記録されるかどうかを確認したのだ。

ザリフはそこで、どうしてアーシマが市長と助役を招いたのか、それがわかる気がした。アーシマは哲市長はともかく、シェル助役は不利益と判断したら造反しかねない人物と認識しているのだろう。だからそれを封じるために、助役まで招いたのだ。

シェルはそのことをすぐに見抜き、アーシマが作ろうとしている運命共同体から離れられるのかどうかを確かめようとしたのだ。もっともシェルは一つ大事なことを忘れている。

シェルが退席しそうだと判断したら、自分とベネス、つまりアクラ市の行政のトップ二名も退席するという可能性はまるで考えていないようだ。そうなれば哲も退席するだろうから、会議は内閣だけの話し合いとなる。つまりシェルが期待したような「自分だけが反対の意思表示をした」という状況も、その記録も作れなくなるわけだ。

それでも彼女がそんな質問をしたのは、アクラ市の二人など既に眼中にないからだろう。もちろん会議に残ることが得策と判断すれば、退席はしないわけだ。

「それでは議事進行は官房長官の私、シェイク・ナハトが行います。閣僚、市長、助役の諸賢に集まっていただいたのは他でもない、マネジメント・コンビナートに対する、権限移譲も含む政府との関係性の件である」

マネジメント・コンビナートへの権限移譲というナハトの言葉に、ラゴス市とアクラ市の代表とで反応は見事に分かれた。行政の中核が地球留学組に占められている現状を変えたいと思っているザリフたちアクラ市側は、その議題をわりと好意的に受け止めていた。

セラエノ星系の進路をどうするのか？　この問題についてアクラ市の意見も反映できるマネジメント・コンビナートは、ザリフにとっては可能性のある試みであった。

対する首都ラゴスの市長と助役は、明らかに不信感を抱いているようだった。

すでにマネジメント・コンビナートの発足から一ヶ月以上が経過し、そこでの議論によりセラエノ星系社会が抱えている問題について、その構造を分析し、解決のための方針が明らかになったものも少なくない。さすがに命令権などは持っていないが、政府側が諮問した問題についてマネジメント・コンビナートで分析や議論が行われ、その議論の結果を政府が汲み上げ、行政機関の命令として施策に反映することが行われていた。

マネジメント・コンビナートの議論は、当初考えていたような一つの問題について分析を深化させる方向よりも、その問題が社会の他部門にどのように影響するかのシミュレーションの場になっていた。これは地球圏との関係が断たれてからまだ二ヶ月程度のため、生活実感として目に見える変化がないことも影響していた。このため実際に施策に反映された案件は多くない。

そうした中でも大きな案件は、農場の資源管理に関するものだった。内容は食糧の確保と農業に従事する人材教育に関する比較的広範囲なものだった。そのためラゴス市役所内での反応は、芳しいものではなかった。

マネジメント・コンビナート内での専門家間のネットワークが決着した問題でも、ラゴス市役所の施策となると複数の部門にまたがるため、セクショナリズムから結果として施策が変質してしまうのだ。

このような事情から市役所の立場で見れば、マネジメント・コンビナートは、素人が市役所内の部局の都合も考えずに施策を立案する集団でしかなかった。そうした報告を受けていた市長や助役のマネジメント・コンビナートに対する基本的な認識は、行政の秩序を乱す存在なのである。この点でラゴス市とアクラ市の認識は違っていたのだ。

「まず、アーシマ首相、説明してください」

ナハトが指名すると、アーシマは一礼して話し始めた。

「すでにメディアにて全市民に説明致しましたが、地球圏との交流が途絶したセラエノ星系は、自力で文明社会を維持することを強いられています。このことに関して、一五〇万の人口で身の丈にあった文明にしろという意見もある。

たとえば豊かな森林から木を伐採し、蒸気機関を動かし、発電を行うような話です。しかし、我々はその選択肢を取ることはできない。文明にとってエネルギー問題は重要だが、それが文明を維持する唯一の問題ではない。

セラエノ星系には工業基盤が乏しい。多くの産業資源を安価な地球圏から輸入していたために、そうした素材レベルから生産基盤を構築しなければなりません」

アーシマの話の内容はザリフも知っている。地球圏とのワープ不能とわかった時の、首相の惑星全土への放送を視聴していたからだ。その内容ゆえにザリフは真っ先にアーシマ支持を宣言した。

同じ話は哲もシェルも聞いていたはずだが、二人の表情は変化がなく読めなかった。ただ興味が薄いのはわかった。アーシマは、市長らを一瞥し、先を続ける。

「たとえば半導体が製造できなければ、半世紀以内にほとんどの市民はＡＩによる生活支援を受けることができなくなる。ＡＩを稼働させる半導体も劣化し、機能を失うだけでなく、惑星全体の通信インフラも維持できない。これだけでも生活水準は劇的に低下する。それ以上に深刻なのは食糧生産です。惑星レアの生態系は快適な環境を我々に提供する一方で、農業生産には著しく不向きです。我々が人口の数倍の食糧生産ができるのも、土壌改良などを続けているために過ぎません。

地球由来の農作物は、未だに惑星レアの環境には適応できていない。現在の文明レベルを可能な限り維持することを考えれば、我々が農業生産を続けるための必要資源を確保できず、深刻な飢餓に見舞われることも覚悟しなければなりません」

アーシマの話に対して意見を挟んだのはシェル助役だった。

「首相の想定は少し悲観的すぎるのではないでしょうか？　工作艦明石では三次元プリンターのマザーマシン開発の目処がたち、必要な半導体製造のための施設も軌道ドックで建設中と聞いています。

三次元プリンターの持続的な生産が可能なら、セラエノ星系独力で地球圏とのワープ途絶問題を解決するのは無理としても、現在の文明生活を維持するのはそれほど困難ではないのではないでしょうか。ですから、政府からマネジメント・コンビナートへの権限移譲など必要ないと思いますが」

シェル助役がこうした異論を述べたことにザリフはそれほど驚かなかった。彼女の立場なら当然だろうと思っただけだ。アーシマもかつての部下の反論に笑みさえ浮かべている。予想通りの反応だったのだろう。

「マネジメント・コンビナートへの権限移譲が必要なのは、いまあなたが指摘した事実とも関わります。なるほど三次元プリンターのマザーマシンの生産は可能になった。軌道ドックの施設で半導体の材料となるレアメタルの確保も目処がたちました。

しかし、それだけでは我々は何一つ製造できない。三次元プリンターが必要とする金属樹脂や特殊セラミックの原料は別に調達しなければならない。半導体にしてもレアメタルだけでは意味がない。最終的な集積回路を製造するための素材や化学物質が必要です。それら必要な資源はそれぞれ専用の施設やプラントで製造しなければなりません。

さらに重要なのは、そうした設備を建設する人材、運用する人材、そして維持する人材が必要です。その人材は政府や自治体の行政機関だけでは調達できない。セラエノ星系の全人口を動員しても、いくつかの分野は諦めなければならない。

このような事実があるからこそ、政府やラゴス市、アクラ市の行政当局は、マネジメント・コンビナートに適切な権限移譲を行わねばならない」

シェル助役は理性ではアーシマ首相の意見を認めつつも、感情面では行政府の権限移譲が認め難いようだった。ただ、反論まではしなかった。そしてアーシマは言う。

「マネジメント・コンビナートへの権限移譲は始まりに過ぎません。最終的には政府との統合も視野に入れています。つまり」

アーシマはザリフと哲に視線を向ける。

「私は、セラエノ星系政府、最後の首相となるでしょう」

3　想定外の帰還

一一月三〇日・セラエノ星系

無人探査機E2のワープアウトは無事に終わった。西園寺は安全ベルトを外すと、宇宙服のバイザーを開けた。何かあったらバイザーを降ろせばいいというのが、基本的な安全手順だ。与圧区画の異常の有無を確認するため、E2のような改造宇宙船では義務付けられている。西園寺が安全を確認したのちに、他のスタッフがヘルメットを脱ぐのだ。

「問題はない。空気の漏出は認められない。全員、ヘルメットを脱いでいいぞ」

そう言うと西園寺もヘルメットを脱いだ。それと同時にバイザーに表示されていたセンサーのデータが壁面に表示される。

E2の通信システムはセラエノ星系から送信される時報を傍受していた。他にもボイド周辺の星の位置などからE2の航行システムは、ここがセラエノ星系であることを報告していた。ただ西園寺よりも先に、セルマが異変に気がついた。

「船長、ここ、セラエノ星系のどこでしょう？　軌道ドックの進入航路とは全然違うようですけど？」

E2はセラエノ星系にいるのに、予定の領域でワープアウトしていないことに西園寺は首をひねる。予備実験では、E2はワープもワープアウトも正常に行えた。仮に失敗するとしたら、アイレム星系から移動できないか、どこともわからぬ領域にワープアウトするしかない。

西園寺はエージェントの機能を借りて、窓から目測で現在位置を計測する。まずここがセラエノ星系であることは間違いない。ただし軌道ドック近くでワープアウトするならば絶対に見えていなければならない惑星レアの姿がない。星系最大の惑星ビザンツと、惑星レアの半分ほどの直径である惑星バラゴンの姿は観測できた。

エージェントは視界にとらえた惑星の位置と西園寺の首の動きから、それぞれの惑星の方位角を割り出し、位置を求めた。どうやら恒星セラエノと惑星レアを結ぶ直線から見て、一六〇度ほどずれた方位に位置し、恒星からの距離は五天文単位ほどになるようだ。惑星レアまではおよそ五・九天文単位というところか。

「ずいぶんと中途半端な場所にワープアウトしてしまったな」

それでもセラエノ星系内ならそこまで深刻な問題はないだろう。ここから信号を送れば一時間以内に惑星レアなり軌道ドックで傍受されるだろう。そうすれば遅くとも二四時間以内に救難の宇宙船が来てくれるはずだ。

「E2で惑星レアには戻れないの？」

イーユンが尋ねる。

「それは無理だ。E2はアイレムステーションと軌道ドックの間を移動できるだけだ。わかりやすく言えば鉄道みたいなものだ。決められたレールの上で、決められた駅と駅の移動ができるだけだ」

それが理由なのは間違いないが、西園寺には他にも理由があった。一つはE2が本当に設計通りのワープを行えるのかどうかに疑念が生じたこと。設計通りにワープしたならば、こんな場所にはいない。軌道ドックにワープアウトしなかった理由が不明な状況では、それが恒星間ではなく、星系内の近距離のワープであっても迂闊（うかつ）な真似はできない。

理由の二つ目は、もしも自力航行しようとすると、アイレムステーションからここまでのワープ機関のログを消さねばならない。もともとワープ経路の開拓のための宇宙船なので、ログは毎回リセットされるのだ。だからいまの状況を解析するためには、E2のログを消去するなどあり得ないのだ。

　こうして西園寺はアイレム星系を引き払うに至った経緯を報告するとともに、救援を要請した。状況が状況であるから救援はすぐに来てくれるものと彼らは考えていた。だが軌道ドックの管理事務所からの返答は、工作艦明石がE2ごと回収に向かうが、それは明日になるというものだった。

「E2の回収とは別に、乗員だけ救助できないのか？」

　西園寺はすぐに軌道ドックに問い合わせる。その返答は予想外だった。

「E1が予想外の領域にワープアウトしたため、明石はそちらの回収に向かっている。E2への対応はE1回収が終わってからになる。

　E1およびE2が想定外の帰還を遂げた以上、星系内のワープにも慎重にならざるを得ない状況にある。正常に行われるかどうかの確認が必要なのだ。それが可能な宇宙船は、明石だけと理解してもらいたい」

　明石にできるなら青鳳にもできるのではないかと西園寺は思ったものの、政府が命令するなら明石の方が話が早いのは理解できる。これで酸素が一時間しか持たないとでもいうのなら、危険を冒してワープしてくれるかもしれないが、自分たちの状況はそこまで追い込まれてもいない。

「軌道ドックと宇宙港からの時報を受信してるんですが、我々の現在位置からすると、電波の速度に変化は認められません。あるべきタイミングで正しい時報が受信されています。これだけでは断定できませんが、セラエノ星系に顕著な時空の異常はないと思われます。ワープの異常の原因は別にあるのかもしれません」

セルマはデータを他の乗員たちにも共有していた。確かに電波通信のデータだけでワープの可否を論ずるのは適切とは言えないが、これも一つの情報だ。むしろ西園寺は、セラエノ星系内でもワープ事故やワープミスが起こるような状況は常態化していたのではないかと考えていた。

セラエノ星系は、宇宙船の九〇パーセント以上が惑星レアの周辺でしか運用されていない。系外のワープ宇宙船は宇宙港や軌道ドックに向かうだけであるし、星系内を見れば惑星間の宇宙船の航行は著しく限られている。恒久的な施設といえば九・五天文単位離れた惑星バラゴンの観測基地くらいだ。これとて人員が派遣されているのは年の半分程度である。

これを除けば星系内の交通は航行支援衛星のメンテナンス程度しかない。地球圏とのワープ途絶という事態に至る前に、星系内でも色々な異変が起きており、それが拡大して地球圏との交通途絶に至ったと考えるほうが筋が通る。

ただセラエノ星系内の宇宙船の航行が極端に少ないために、こうした異変に誰も気がつかなかった。そういうことなのかもしれない。博士号を持っている明石の松下あたりがこのことに気がついたなら、彼らがワープに慎重になる理由も理解できる。

「E1にもワープアウトの異常があったということだが、位置はセラエノ星を挟んで、ほぼ反対側だ。つまり距離にすれば一〇天文単位の領域に及ぶ。これはかなり厄介な問題かもしれんな」

西園寺はそう思ったが、他の乗員たちはそこまで悲壮な表情は浮かべていない。

「まぁ、物理定数も変わって核融合も不可能になったというなら大問題だけど、ワープができないだけなら、大きな問題ではないわね、いまさら」

イーユンの意見は西園寺には驚きだったが、セルマを含めて同意しているらしい。そこで彼は気がついた。あちこちの星系を移動してきた自分だからこそ、ワープ不能という状況に危機感を覚えてしまう。

だが基本的に惑星レアから外に出たことがない人たちには、ワープ途絶とは「地球圏から物が入ってこない」問題であって、地球を含めた他の天体に行けないことはそれほど重要ではないのだ。彼らにとっては、惑星レアでの文明の維持こそがいま最も考えるべき重要課題なのだ。

そしてセラエノ市民となった西園寺もまた、いまはそれを重視することが求められているのだ。

結果的に彼らは明石が来るまで、ほぼ一日、E2の狭いキャビンの中で過ごすこととなった。与圧区画ではあるので、ヘルメットは取ることができたが、宇宙服は脱げなかった。宇宙服着用を前提に、それほど厳しい温度管理をしていないためだ。

それでも明石からの通信は断片的に入ってきた。一〇万キロ、一〇〇万キロと小刻みなワープを繰り返しながら、段々と飛距離を伸ばしていたらしい。そうしてほぼ予定時間に、予定した場所に明石は現れた。

「明石のワープに問題はないようですね」

そうセルマは西園寺に囁く。そこへ通信担当のケスが報告する。

「乗員を収容するためのギラン・ビーが来ます。それと、ワープの機関部を作動させるなとのことです。現状が停止状態ならそのままでおくようにと」

その報告は西園寺には意外なものだった。E1やE2に何か構造上の欠陥でも見つかったのか？　そんな疑問に応えるようにケスが続ける。

「E1とE2は想定外の現象に見舞われた可能性があるそうです」

無人探査機E1は予定時間に予定領域に現れなかった。未帰還が起こり得るから無人探査機にしていたとはいえ、SR30でそうしたことが起こるとは妖虎も思っていなかった。未帰還機が実験の初期段階では生じないよう慎重にパラメーターを調整していたのだから。

「数時間待ってみてはどうでしょう?」

そう提案したのは松下だった。

「数時間待つ根拠は?」

妖虎は松下にどんな根拠があるのか、それが気になった。何となく、という曖昧な理由は彼女にはないからだ。

「まず投入エネルギーのレベルを考えれば、極端な遠距離にワープすることは考えられません。それはSR29までの実験でも確認できます。つまり距離的な問題に関しては、やはりSR30がワープアウトした場所は予定領域であるはずです。それでも我々が発見できないとしたら……」

「またも時間を移動した? つまりワープアウトしたが、今度は予定時間より遅れている」

「遅れているというより、今度は過去ではなく未来にワープアウトした可能性は否定できないと思います。SR2aとbの時間差を考えたなら、電波信号の到達時間も考慮して、数時間待つ必要があるはずです」

「確かに、副部長の言う通りね」

過去にワープアウトしたと解釈できる実験結果を得たばかりであり、同様に未来にワープアウトする可能性も否定できなかった。むろんそうでないことも十分考えられるが、ワープ航法の原理がわかっていない中では、経験則を積み上げて推論をしてゆくよりない。

そうして一時間ほど経過したとき、明石の通信システムは無人探査機の信号を傍受した。ただし、それは彼らが期待したものとは違っていた。

「E2の信号を受信したって？　E2はアイレム星系の宇宙ステーションにいるんじゃなかったの？」

妖虎はそのことを、ブリッジにいる艦長の涼狐に確認する。

「アイレム星系で椎名からメッセージが届いた。イビスに保護されているらしいが、自分たちにはそれに対する返信を行う権限がないので、アイレムステーションの軌道要素だけを伝えて戻ってきた。まぁ、概要はこんなところ」

「椎名は生きていたのか、よかった」

妖虎は安堵したが、肝心のE1からの信号は届かない。しかし、さらに一〇分後、待っていたE1からの信号が届いた。E1の航法システムは、それが予定領域よりも四・五天文単位もずれた領域であることを告げていた。その数値を信じるなら、E1とE2の距離はほぼ一〇天文単位にも及ぶ。

まずE2の西園寺たちを救助しようという涼狐に対して、妖虎はE1の回収を主張した。それに対して予想通り涼狐は反対する。

「どうしてよ、人命救助こそ最優先でしょ」

それに対する妖虎の意見は決まっていた。

「E1が予想と場所も時間も異なる形でワープアウトした。考えられる理由は三つ。一つはE1の機械的なトラブル。しかし、姉ちゃんは知ってるかどうか知らないけど、ワープ機関はこんな中途半端な故障はしない。ワープ不能か行方不明になるかどちらか。それにE1は古いワープ機関を転用しているから、メンテナンスには最大限の注意を払っている。だから明石がついている。記録を調べても故障の可能性は低い。

理由の二つ目は、津軽と青鳳で起きたようなワープ宇宙船のニアミスが生じた場合。状況的にはこれが一番近い」

「だったらニアミスじゃないの？」

そう言う涼狐に、妖虎は過去の事例を説明する。

「ワープ宇宙船二世紀の歴史の中で、ニアミスは三回しか起きていない。そのうちの一回が津軽と青鳳だった。ニアミスは極端に稀な現象なの。そして実験予定が遅れていたE1と、椎名からのメッセージという想定外の事態を報告するためのE2という、二つの宇宙機がニアミスを起こす確率は天文学的に低い。津軽と青鳳にしても、時間は違っても航路は同じだった。E1とE2には、航路の共通性さえもない。

そして、ここで理由その三となる。セラエノ星系内の環境が、ワープを行うには非常に不安定というか異常な状況にあると疑われる。少なくとも星系内を安心してワープできるかどうかわからない。だからそれを確認していかねばならないのよ」

「確認って？」

「まず一〇万キロワープしてみる。それで問題がなければ五〇万キロワープする。そうやってワープの距離を延ばし、安全を確認しながらワープを繰り返す。そうやってE1まで到達できたら、E1を回収して軌道ドックに戻り、そこから一回のワープでE2と乗員を回収する。E1の方が近いから、そちら方向で安全確認をしていったほうが、直接E2にワープするより安全に早く救援できる」

しかし、涼狐は妖虎の方針に納得しない。

「E2に接近しながらでもワープの安全確認はできるんじゃないの？　しかるべき距離を

移動できたら安全は確認できるから、そこから一気にワープすればE2の乗員もE2そのものも回収できる。やはりE1に向かうのは遠回りだと思うけど？」

　妖虎はそこで涼狐の見落としている点を指摘する。

「E2のワープ誤差については我々には十分なデータがない。データが蓄積されているのはE1だけ。そのE1がワープアウトした領域こそ時空に何らかの異常がある公算が高い。だからこそE1に向けて精度の高い計測を行いながら、安全を確認してゆく必要がある。つまりE1に先に向かうのは、空間に何か異変が起きている可能性の高い領域を調査することで、E2へのワープをより安全に行える意味があるの」

「ワープが使用できないとしたら、どうなる？」

「明石が核融合推進で回収することになる。E1の領域まで安全にワープできないとしたら、それはすぐにわかるでしょう。最悪、ワープ不能と結論が出た場合、惑星レア近傍からの移動となるので、一Gで加減速するとして、E2に到達するまで七日。E2に機械的な問題でも起きない限り、備蓄の酸素と食料で生存は可能です」

「わかったわ。あなたの意見に従いましょ」

　こうしてE1に向けて最初は一〇万キロから、ワープが行われた。ワープアウトは問題なく、ついで五〇万キロに距離を延ばす。そうしたことを繰り返して距離も一〇〇万キロ、二〇〇万キロと延ばしているが、ワープに異常もなく、周辺空間のデータを収集しても異常は認められなかった。最終的に一天文単位のワープを行なったが問題はなく、そこからは直接、E1のいる領域にワープし、それを回収した。

E1を回収後は、軌道ドックまで四・五天文単位をワープした。それさえも問題はなんら起こらなかった。その間に妖虎と松下は、E1のコンピュータの航行ログを解析していた。その結果は予想外のものだった。

「SR30だけ、ワープ機関の二次誘導コイルの消費エネルギーが急増してますね」

松下が問題のデータを妖虎の視界の中で共有する。妖虎もそのデータのパターンには既視感があった。

「これ、津軽の二次誘導コイルを交換した時のパターンと同じね。エネルギーの高さはあの時ほどじゃないけど。そうなると何、セラエノ星系の時空環境の問題ではなく、E1とE2のニアミスが起きたということ？　でも、二次誘導コイルは焼き切れていないか」

「いや、やはりこれはニアミスが原因だと思います。青鳳と津軽のニアミスは、共に地球圏からセラエノ星系へという遠距離ワープでした。その距離は未だにわかっていませんが、一〇〇〇光年は離れているというのが一般的な見解です。

この見解はワープ時のエネルギー消費量からの類推も根拠とされています。それに対してＥ１は一〇光年程度、Ｅ２に至っては五光年先のアイレム星系です。エネルギー消費量の桁が違いますから、今回のニアミスでは二次誘導コイルの焼き付きには至らなかったわけです」

松下はそうしてニアミス説を補強する。じっさいここまでワープは正常に行えているという事実が、Ｅ１とＥ２のワープ異常はニアミスであることを示していた。

そうしてＥ１を軌道ドックに収容すると、明石はＥ２の居場所まで一気にワープした。そして問題なくＥ２の回収に成功した。

西園寺ら乗員の収容や椎名からのメッセージなど検討課題は多々あったが、妖虎と松下たちが最初に着手したのは、Ｅ２の航行データの回収とＥ１との比較だった。航行データに関しては、青鳳と津軽のニアミス時のものがあったが、やはりデータの精度では航路啓開を目的としたＥ１やＥ２の方が高かった。

「これは興味深いデータなのは間違いないけど、どう解釈すべきか」

Ｅ１とＥ２は座標としてはほぼ同じ場所を通過し、その時にエネルギー消費量が急増しており、ワープ中のニアミスが起きていたのは間違いなかった。しかし、Ｅ１にしてもＥ２にしても問題の座標を通過する予定にはなかった。じっさい航行ログを見る限り、ある時点まではどちらも計画通りの航路を通過していた。

それがある段階から航行座標が一転し、ニアミスを起こし、結果として第三の座標に飛ばされた。つまり、計画通りの座標→ニアミス座標→飛ばされた座標と、二段階でそれぞれ座標の連続性が切れているのだ。さらにニアミス座標を通過した時には、時間は記録されていない。定義不能となっていた。

「一つ興味深い事実があります」

松下が引き合いに出したのは、津軽と青鳳のデータだった。

「青鳳と津軽のニアミスでは、青鳳は予定よりも五天文単位飛ばされ、津軽は六天文単位飛ばされました。予定のワープアウトは惑星レアの周辺です。そして青鳳と津軽は、恒星セラエノを中心として、反対側の領域に飛ばされています。

それは完全な一八〇度ではありませんが、一五〇度以上は離れています。そしてE1とE2もセラエノを挟んで一六〇度ほどの角度をもって、概ね反対側に位置する。E2は予定よりも五・九天文単位、E1は四・五天文単位ずれていた。

しかし、これらのずれは惑星レアの視点での距離であり、恒星セラエノから見れば、ニアミスで飛ばされた宇宙船は、いずれも恒星からほぼ同じ距離にワープアウトしています」

「ニアミスを起こすと恒星を挟んで同じ距離で反対側に飛ばされる……。どうしてセラエノ星系で三ヶ月足らずの間に二回もニアミスが起きたのかも謎だけど、反対側に飛ばされるのも不思議な現象ね」

妖虎は二度のニアミスのデータをどう解釈すべきかわからなかった。何か意味がありそうな事実がいくつも突きつけられ、それはワープ航法の原理を解明する糸口ではないのかという予感もある。しかし、予感は予感であって、どこから手をつけるべきか見当がつかないというのが本音だった。その点では松下は彼女の先を進んでいた。

「ほぼ等距離に弾き飛ばされることについてはそこまで不思議ではないと思います。まずE1とE2は外装だけは変えているものの、基本的にはまったく同じ探査宇宙船です。質量やエネルギー出力いずれもです。

一方、青鳳と津軽にしても基本はクレスタ級輸送艦です。質量やエネルギー出力には差はあるものの、大枠は変わりません。

興味深いのは、AIが時間を定義不能と記録していることです。センサーに問題があるなら、計測不能と表示されます。そうではなく定義ができないというのは、AIにとって時間を定義する要件に欠けていると解釈できるでしょう。どの要件が欠けているかは不明としても」

「時間定義の要件が欠如しているのではなくて、複数のセンサーからの情報に矛盾があれば、やはり定義不能にならない？」

妖虎はそれを指摘する。

「あぁ、そういう可能性もありますね。さすが先輩」

「部長とお呼び、副部長。それで説明を続けて」

「つまりニアミスが起きた状況で、時間が定義できないということは、接触した座標の定義もできないことを意味します。運動している物体がどこにいるのか、時間がわからないと位置の定義もできない。

津軽がニアミスにより予想外の地点にワープアウトした時、そこが予想していた領域ではないとAIが告げるまで、私は異変にまったく気がつきませんでした。変な言い方ですが、ワープのニアミスという現象は、時間が定義できない状況ゆえに、人間には意識できないのかもしれません。

ともかくニアミスで時間と空間が定義されないとすると、ニアミスする宇宙船は同じ時間に近い空間を移動する必要はないことになります。航路や時間がずれていてもニアミスは起こる」

無茶苦茶な話だと妖虎は思った。しかし、ワープによるニアミスで宇宙船が時空を超えて弾き飛ばされるという話そのものが無茶苦茶なのである。何よりワープに関する博士号取得者の松下その人がニアミスを体験した当事者となれば、その意見には相応の説得力がある。

「津軽と青鳳の場合は、津軽の二次誘導コイルの焼き付きが起きたので、正確な比較はできないのですが、E1とE2は、ワープアウトの時点で、両者の蓄積しているエネルギー量は同じです。さらに恒星から見た重力ポテンシャルも等しい。

このことから判断すると、ワープにおけるニアミスは、接触した二隻の宇宙船のエネルギーを等価にすると考えられます。そうだとすると青鳳の方が津軽よりもエネルギー量が多ければ、津軽側に瞬時に大量のエネルギーが流入し、二次誘導コイルが焼き切れた。そう解釈できると思います」

「エネルギーが宇宙船間で移動する、いや、ポテンシャルを平準化させるのか……」

妖虎は松下の仮説に、ワープに関して何かを摑みかけている気がした。老朽宇宙船を解体して作った無人探査機でもここまでのことがわかったのだ。セラエノ星系にもっと宇宙船のリソースがあれば、より大規模な実験を行い、ワープ航法の原理を解明できるかもしれない。おそらくそれは、周辺三〇光年に天体のないボイドという特殊な空間だからこそ可能なことなのだろう。それが妖虎には口惜しい。

だがそこで、妖虎はある可能性に思い至る。

「観測されたニアミスは、ほぼ同じ大きさと性能の宇宙船同士だった。エネルギーポテンシャルを平準化させる力が働くなら、宇宙船の大きさが極端に違ったらどうなる？　片方の宇宙船では処理できないだけのエネルギーが移動するとしたら、宇宙船間の均衡を維持するために、収容できない分については別の形で処理するよりない。たとえば恒星からの位置エネルギーの形で」

さすがに松下は、妖虎の意図をすぐに理解した。

「運動量の移動みたいなものですね。重い金槌で小さな金属球を飛ばせば、金槌の速度以上で金属球が遠くまで飛び出すような。ニアミスで同クラスの宇宙船が恒星から等距離に飛ばされるなら、片方が極端に小さければ……」

「ボイドを突破するだけの遠距離にワープアウトする可能性がある！」

二人はこの結論に興奮した。もちろん定量的な議論ができるほどのデータはない。そもそもワープ宇宙船のニアミスを誘発する条件もわかっていない。ワープ可能な最小の宇宙船はワープ機関を装備したギラン・ビーがあるが、それがボイドを突破しても、人類の植民星系にでもワープアウトしない限り、乗員は宇宙の果てで帰還もできないまま死ぬしかない。

奇跡的に地球圏にワープできたとしても、ギラン・ビーで運べる人間はせいぜい十数人だ。一五〇万人には遠く及ばない。

だが、重要なのはそこではない。自分たちは自力で、ボイドを突破できる可能性を見出したのだ。そのことは一五〇万のセラエノ市民にとって大きな希望となるはずだ。たとえばセラエノ星系から地球圏に移動できるのが一〇人としても、それによってボイド突破の方法をリソースの豊富な地球圏で組織化すれば、貿易再開の目処もたち、この世界で文明を維持できる。

「とりあえずE1による実験は続ける。まずSR30を同じ条件でもう一度行う。それで計画通りに帰還したら、ニアミス説は証明されたと言えるでしょう。ともかくこれから何をするにしても、基礎データだけは集めておかないとね」

ただし妖虎は、E1の実験は松下に委ねなければならなかった。西園寺らの持ち帰った椎名のメッセージへの対応を考えねばならず、彼女もその危機管理委員会のメンバーであったためだ。

「この人数で、ほんと私らはよくやってるわ」

妖虎は心底そう思った。

一二月二日・ラゴスタワー

狼群涼狐と妖虎姉妹にとって、ラゴス市を訪問するのは久々だった。空港に往還機ウーフーで降り立ったとき、重力のために軽く貧血になりかけたほどだ。ラゴス空港は飛行機とウーフーの発着に用いられるだけの空港だが、将来の開発を加味して必要以上に大きかった。敷地面積は長さで三キロ、幅で二キロある。それもあって市の中心のラゴスタワーまでは六キロほど離れている。

滑走路に駐機している航空機はなく、いずれも格納庫に収容されている。涼狐たちが乗ってきたウーフーもすぐに、自走して格納庫に向かっていった。それと入れ替わるように無人の小型バスが乗客を乗せるべく接近する。とはいえ、乗車するのは数人だ。

「妖虎はマネジメント・コンビナートって参加したことあるの？」

涼狐がそれを尋ねたのは、バスの正面にラゴスタワーが見えたときだった。その陰には巨大な倉庫のようなマネジメント・コンビナートのシルエットが見えたが、それもすぐに隠れた。

「無くはないけど、政府関係者とのやりとりが中心ね。議論に参加するというより、専門家としての意見を述べるために部分参加した。姉ちゃんは？」

「新設されたセラエノ連邦銀行に関連するスタッフの一員。地球圏と経済が切れたから、金融を自前で動かさないとならない。宇宙船だって只じゃ飛べないでしょ」

涼狐がマネジメント・コンビナートにそこまで深く関わっているのが、妖虎には意外だったらしい。確かに地上に降りることはほとんどないし、それ以前に自分がここまで深く社会活動に参画しているのが、妖虎のイメージと合わなかったのだろう。

「確かにE１の実験にしても、どんな金が動いているんだろうとは思っていたけど……どうやって資金調達しているの？」

妖虎の疑問に対して、経営者でもある涼狐は身振りを交えて説明する。

「とりあえず二段階のプロセスがある。もしも数年以内に地球圏との交流が回復した場合には、既存の金融システムにすぐに戻れるような余地を残す段階。しかし、孤立化が世代を跨ぎかねないほどの長期になると判断されたら次の段階に進む。これに応じてセラエノ連邦銀行の組織や権限も違ってくる。

現段階ではセラエノ星系や地球圏の銀行支店を監督し、必要なら命令を下す組織としてセラエノ連邦銀行がある。そこでの役割はセラエノ星系の経済成長を前提として、政府が債券を発行し、その債券を引き受けることで資金調達を行う。経済成長が必要な水準に達すれば、債券は無理なく償還できる」

この部分は涼狐もさほど不自然さは覚えない。星系植民の初期段階は、そうした形で経済を回すからだ。極論すれば植民星系の開発とは、植民星系という債務者に対して地球圏の金融機関が債権者となり、人と物を動かして経済を回すシステムなのだ。このシステムの中で、地球圏の金融機関の代替をセラエノ連邦銀行が行うというわけである。

「妖虎が言ってた、宇宙船のニアミスでボイドを突破できるかもしれないって話。まだ公表段階にはないでしょうけど、その結論によっては、この第一段階で終わるかもしれない。宇宙船一隻でも、地球圏から物と人が動くという事実は大きいからね」

「いや、ちょっと待って。まだ可能性が見えただけで、定量的な検討はほとんどできていないのよ。明日にでも交通途絶が解消するような話は社会に対して逆効果だと思うけど」

「そう悲観したものじゃない。ワープの再開に関しては色々な分野に波及する。自分の利害関係に影響しそうなら、誰もが疑問点を質す。そうした疑問が政治、経済、科学の各方面から出され、それに対する回答が全て公開されているなら、根拠のない希望は持たないわけよ」

涼狐はそう説明しながら、自分が思っていた以上に、マネジメント・コンビナートという社会実験に期待を抱いていることに気がついた。

「まぁ、それならいいけど。どっちにせよ報告書を出せる段階のデータはまだ揃っていないから。

それで第二段階はどうするの？」

「セラエノ星系の経済は基本的に電子決済で完結している。だからこそ可能なのだけど、通貨そのものに判断力を持たせる。通貨に額面と効力の二つの性格を持たせる」

「それで何かいいことがあるの？」

妖虎は明らかに不信感を抱いているようだ。

「額面と効力の二つの機能があるのは、通貨そのものに判断力を持たせるための前提。効力そのものはＡＩが処理して、外部からは額面だけわかる。もちろん効力の総量には上限がある。

それで何が起こるか？　たとえば建設作業員の給与だけが異常に高騰していたとする。すると給与分の通貨だけ効力をアップして、普通の人なら一クピットだけど作業員だけは二クピットとして機能する。そうすると給与の額面を下げてもその人の生活には影響しない」

もともとワープ機関の制御機構を扱ってきた妖虎は、そこで通貨に判断力を持たせる意味がわかってきたらしい。

「あれか、いまの話だと給与が高騰しているのは建設作業員が足りないか、建設作業が遅れているか、そのあたりの問題が生じている結果として起こる。だから通貨に判断力を持たせて額面と効力を分けることで、給与水準を平均化すると同時に、生活水準は保障する。

効力には上限があると言ったけど、それはつまりどこかで効力が上がったら、どこかで下がったってことね。

AIは額面ではなく、通貨の効力の変化を俯瞰して分析することで、社会全体で経済なり産業の不都合点を把握できるわけか」

「そんなところ。重要なのは効力の増減は関連する部門の影響を受けるから、何と何がどのような関連を持つかも追跡できる。額面は動かないのは、効力を変化させる上で原点となる価値基準が必要だからなのね」

しかし、妖虎はまだ納得できないようだった。涼狐もそれは当然だろうと思う。第二段階でやろうとしていることは通貨の匿名性を否定するものだからだ。

「そしてこれが一番重要なんだけど、社会問題は無数にあるとして、すべてに全方位で対応するのは馬鹿げている。波及効果が大きく、深刻になりかねない問題にこそ社会のリソースを投入すべきで、通貨の判断能力は、どれが深刻な問題かを可視化してくれる。

専門家チームがシミュレーションをしているけど、実際には予兆段階で通貨は判断力を発揮するので、額面と効力が極端に乖離(かいり)することもないはず」

「通貨というか市場の革命よね」

「それが可能なのは、セラエノ星系が総人口一五〇万の小さな社会だからこそよ。地球圏ではまず不可能ね。しがらみが多すぎるから」

涼狐と妖虎が案内されたのは、ラゴスタワー内のワンフロアーを改造して設置された仮想空間であった。そこではマネジメント・コンビナートと同じ仮想空間を共有可能だった。ラゴスタワーとマネジメント・コンビナートは五〇〇メートルしか離れていないのに、あえて政府のビルにこうしたものを用意するのは、政府機能との関係がまだ整理されていないためだ。

それにセラエノ星系はいまも法治国家であるから、政府機能をマネジメント・コンビナートと融合させるとしても、法律の正当性は担保する必要があり、そうした問題を解決しない限り、次のステップには進めないというのが現在の社会全般のコンセンサスであった。

涼狐と妖虎が室内に入ると、そこは地球にある古代ローマ遺跡のコロシアムのような場所だった。今回の会議の関係者がこのコロシアムの中にいる人間のすべてなのだろう。

涼狐たちの後にもコロシアムには一〇人ほどの人間が現れ、席に着く。そうしてAIにより人数が揃ったことが報告され、中央に立つアーシマ首相から、会議開催の宣言と目的が発表される。

「この会議の目的は、アイレムステーションが傍受した椎名ラパーナ氏のメッセージについて、我々の対応策を決定することにあります。最終的な目的はイビスとの共存の確認ですが、短期的には椎名氏の身柄確保です。コンタクトはその手段として考慮されます。この流れの中でまず決定すべきは、このメッセージについて、いかなる返答を行うかということです。我々はこの会議での決定に従い、アイレム星系への再度の宇宙船派遣を行うことになります」

涼狐はここでアーシマ首相の試行錯誤を思った。彼女がマネジメント・コンビナートへの政府機能の大幅な移行を目指しているのは涼狐も知っていた。ただアーシマは理想を持った政治家であると同時に実務家でもある。

社会機能を安定的に維持する道筋もつけずに、マネジメント・コンビナートに政策を丸投げするような無責任なことは決してしない。その点では彼女は保守的な政治家とも言えた。

冒頭の開会宣言にしても、自由な発言を認めつつも、あらかじめ議論の枠組みを明示し、流れが暴走するのを牽制(けんせい)している。椎名の安全を前提に、このメッセージにいかに対応するかを決定する。それが会議の目的であり、議論はそれを逸脱しない方向で進める。

おそらくアーシマ首相は、今回の会議なども、将来的な政府機構とマネジメント・コンビナートの関係や意思決定の方法を考える上での参考としているのではないか。涼狐はそう思った。地球圏との交通の途絶から三ヶ月ほどで、未完成でもこうした仕組みを作り上げたアーシマ首相は、やはり傑物なのだろう。

「それでは、輸送艦津軽の艦長でE2による帰還を指揮した西園寺さんより、事実関係を報告していただきます」

それと同時にコロシアムの中心からアーシマの姿が消え、西園寺が現れた。ワープ輸送艦の艦長を任されるのだから標準以上の人物なのは間違いないだろうが、涼狐の印象では脇の甘い人間だった。

しかし、船務長による反乱などがあったためか、いまの西園寺は以前よりもひと回り大きくなった印象を涼狐は受けた。考えてみればセラエノ星系市民の涼狐と違って、彼はこの星系に何一つ生活基盤を持たず、さらに艦長として部下の生活の目処も立てねばならなかった。それらをやり遂げたいまの姿こそが、西園寺という人間なのだろう。

そして、彼に少し遅れて二〇代後半から三〇代初めくらいの背の高い女性が現れた。涼狐の記憶が確かなら、アクラ市職員のセルマ・シンクレアだったはずだ。彼女もアイレムステーションからE2で帰還した人間だ。おそらくは西園寺の説明を補足するような役割なのだろう。

「我々はまずアイレムステーションから無人探査衛星を送り込みました」

西園寺がそう言うと、コロシアムの中央に、惑星バスラとアイレムステーション、さらに探査衛星の軌道などが描かれた。

西園寺はそこで、ことの経緯を説明する。衛星を極軌道に乗せたこと。当初から地下で何らかの活動が認められていた付近で光の点滅が観測されたこと。その信号が人類の通信フォーマットに合致し、そのメッセージで椎名の状況がわかったことなどだ。

「椎名の二度目のメッセージでは、アイレムステーションの軌道要素の一部が送られてきました。この事実は、イビスがアイレムステーションの正確な所在は知らないとしても、その存在を知っていることを意味します。

推定されるイビスの技術力をもってすれば、一二〇万キロ離れた宇宙ステーションを発見するなど造作もないことです。ここで問題となるのは、どうしてイビスは不完全な軌道要素を送ってきたのかです。可能性は三つあります。

一つは、地下に住んでいると思われる彼らは、宇宙について直接観察する手段がない。アイレムステーションと探査衛星との電波信号のやり取りから、軌道を推測できただけだというもの。

しかし、ワープ宇宙船まで持っているイビスのことを考えれば、この可能性はまずあり得ない。少なくとも相手の能力は過小評価すべきではない。

二つ目は、これよりはマシな仮説です。つまりイビスが我々に理解できる形での軌道要素の表現方法を知らない可能性。ですが、これもやはり考えにくい。なぜならイビスの元には椎名が暮らしている。人類の軌道要素の表現方法は彼女なら知っています。

衛星の通過速度と点滅信号の速度から、衛星が軌道要素の一部しか転送できなかった可能性も検討しましたが、情報には余裕がありました。

そうなると残るは三つ目の可能性です。不完全な軌道要素を通知することで、完璧な軌道要素を我々が送り返すかどうかを確認するため。

これに返答することは、軌道要素を表記するフォーマットの確認になることと、それ以上に、自分たちの座標を明らかにすることで敵意がないのを示すことにつながります。もちろん我々の返信をイビスがどう解釈するのかはまったくの未知数です。しかし、椎名がイビスたちの中にいることを考えるなら、少なくとも我々の意図は理解できるはずです。

このため我々はアイレムステーションの完璧な軌道要素を探査衛星経由で送信し、それと同時に我々自身は安全のためにE2で帰還しました」

これに対してすぐに会議参加者の一人から質問がでた。ラゴス市のカトリーヌ・シェル助役であった。

「イビスの信号に対して、あなたの判断で返信を行う権限は与えられているのですか？」

シェル助役の質問は、会議の参加者からはあまり支持を得られていないようだった。彼女の姿が仮想空間の中で、薄いが赤い色調を帯びていたためだ。全参加者のエージェントから身体反応がモニターされ、それが議場の反応として表示されるのだ。

むろん色調が変化するだけで発言を止める必要はない。それは身体の反応であり、意表を突く指摘に驚いても色調は変わる。あくまでも周囲の反応を伝えるだけのものだ。ただ赤系統の色調がいつまでも続くとなれば、話者も考えねばならない。そういう間接的な形で自分の発言が本題から外れていないかどうかを知らせる機能である。

薄い赤というのは、カトリーヌの意見に同意する集団も一定数いるということだ。参加者の誰が同意か不同意かは意思表示の匿名性のためにわからないが、涼狐の勘では、市役所関係者は同意、マネジメント・コンビナートのメンバーは不同意ということではないか。

市役所がことさら権威主義というわけではないのだが、マネジメント・コンビナートが政府案件に深く関わるようになると、彼らは不安からか「権限」ということに過敏になっている節がある。

「権限については、独断でイビスとコンタクトすることは認められていない。一方で、私はアイレムステーションの乗員の安全に責任を負うと同時に、イビスの情報を可能な限り入手することも政府から命じられていた。

私は最初のメッセージに対しては、セラエノ星系に帰還し、政府の指示を仰ぐまでは返答はしないと決断した。

それでも二回目の不完全な軌道要素が提示されたときは、返信が必要と判断した。一つにはイビス側がアイレムステーションの存在をすでに知っている可能性が高いため、完全な軌道要素を提示しても、イビスに新しい情報を提供する危険性はない。

それとともに私が返信が必要と判断したのは、内容を変えて二度のメッセージを送ってきたということは、椎名もしくはイビスが返信を強く求めていると考えたからだ」

そこで西園寺は向き直る。おそらく彼の視点ではカトリーヌを向いているのかもしれない。

「つまり、二度目のメッセージにも無反応の場合、我々がイビスとの意思疎通を考えていないと解釈される危険性があると同時に、そのことによりイビスに保護されている椎名にとって不利益につながる可能性がある。彼女の生存が人類との意思疎通を仲介することで担保されていたような場合、返信しないことはそのまま椎名の安全に影響しかねない。

先ほどアーシマ首相から当面の目的として椎名の身柄確保という説明がありましたが、この方針については私も説明を受けておりました。従って船長としての私の責任において返信を行いました」

西園寺に対する色調が肯定的な緑になる。赤と緑の色調が識別できない人にはエージェントの判断で別の配色になるというが、仮に色調の区別ができないとしても西園寺の判断を間違いという人間は少ないだろう。

「西園寺船長、説明ありがとうございます。私も船長の判断を支持します」

カトリーヌはそう言うと、西園寺に対して一礼した。彼女も興味深い人物だと涼狐は思う。市役所の助役として接するときには真剣に話を聞いてくれるし、ラゴス市にとって最善と判断したら規則のグレーゾーンにも踏み込んでくれる。決して規則を盾に保身に走る人間ではない。

何よりもカトリーヌは役人には珍しく、自分たちの間違いをすぐに認める度量の広さがある。そんな彼女なのだが、部外者の越権行為は絶対に認めない頑（かたく）なさもあった。行政は専門職が中心になって進めるべきという信念が、時に矛盾して見える行動の理由だろう。

それ以降の議論は、西園寺に事実関係を確認するような応答が続いた。それも仕方がないだろう。イビスについて情報がなさすぎる。

議論の中で、惑星バスラでテラフォーミングが行われているかどうかの問題も俎上（そじょう）に上がったが、それについてはセルマが担当した。

「イビスが惑星バスラをどのような環境にしたいのか、それについては不明です。というのは海洋にて恒星からの熱の吸収と反射を調整している浮草は、惑星環境を安定化する方向で機能しています。

それはつまりテラフォーミングが完了したことを意味しますが、ならばイビスは地上に進出して然るべきです。しかし、そんな形跡はありません。現在の情報だけではテラフォーミングについて矛盾があるとしか言えません」

セルマの説明は薄い緑で包まれた。反対賛成ということではなく、会議のメンバーにとっては重要性の低い案件と思われたのだろう。

西園寺は帰還直前の状況で説明を締め括った。

「E2による帰還の前に、アイレムステーションは周辺を自動観測するモードになっております。これはイビスの宇宙船がステーションに接近し、場合によっては施設ごと回収される場合に備えたものです。記録されたデータは分離したギラン・ビーにバックアップがとられています。

ギラン・ビーまで回収されてしまえばお手上げですが、それに気がつかれないなら我々は相応の情報を手に入れることができます。もちろんイビスの宇宙船など現れないかもしれません」

こうした事実関係の確認で、会議のメンバーの中では、どうすべきかの結論はほぼ固まりつつあった。早急にアイレムステーションに宇宙船を派遣する。E2はE1とともに航路調査に専従させ、交渉についての権限を持った宇宙船を派遣する。問題は何を送るかだった。

軽巡洋艦コルベールは解体されており、セラエノ星系にある恒星間ワープが可能な宇宙船は、軽巡洋艦三隻と偵察戦艦青鳳と工作艦明石、さらにモスボール状態の輸送艦津軽の六隻しかない。

ミッションの複雑さを考えるなら、軽巡洋艦は向いていない。専門家チームを収容する余裕もない。そうなると青鳳か明石となるが、それにはそれぞれ反対意見があった。

青鳳は最大の戦闘力を持つ宇宙船であり、イビスがどんな存在かわからない以上、セラエノ星系の安全保障上、星系内から移動すべきではないという意見である。

ミッションの柔軟性という点では工作艦明石が最適ではあるが、貴重な専門家集団を短期間のミッションならいざ知らず、アイレム星系に長期間はおけない。E1やE2での実験も明石なしでは不可能だ。

しかも三次元プリンターのマザーマシン開発も行われており、明石は送れないということは会議参加者全員のコンセンサスであった。

涼狐は議論がこうした展開を見せることは予想していた。そのため代替案を用意していた。彼女は全員の前で提案する。

「モスボール状態の輸送艦津軽を改造し、特設工作艦とすれば問題は解決するでしょう。僭越ながら、設計はすでに当方で完成しております」

涼狐はその概要を参加者に提示する。彼女の提案に異論は出なかった。

4　特設工作艦津軽

一二月二日・カラバス農場

無人探査機E2により、アイレムステーションからセラエノ星系に帰還したイーユン・ジョンは、首都ラゴスで帰還報告に伴う雑務を終えると、政府が用意したラゴスタワー内のホテルで一泊した。主に公務に関わった人員のためのものだ。

イーユンも他の場合なら市内の定宿に宿泊するのだが、今回はアイレムステーションのスタッフとして部屋を提供されたのだ。イーユン一人なのに二部屋もあるような豪華スイートで、ルームサービスも自由に呼ぶことができた。彼女は自分が意外に厚遇されていることをやっと実感した。政府とマネジメント・コンビナートの会議にも呼ばれておらず、自分の存在価値に疑問を抱いていたためだ。

彼女は地球圏の大学で惑星科学の博士号を取得していたが、狼群妖虎とか松下紗理奈と同じ博士なのだという実感はなかった。彼女らは地球圏に留学して博士号を取得した。しかし、イーユンはセラエノ星系を出たことがない。大学は地球圏から運ばれてくる通信講座のカリキュラムを修了し、それで大学卒と認定された。その上で研究を続けて、通信講座を運営する大学から博士号を与えられたのだった。

彼女が博士号取得者であることは間違いなく、法的な裏付けもある。それでも地球留学組の話などを耳にするたびに、どうにも博士であるという実感がなかった。自分がアイレムステーションの乗員に選ばれたのも、何かの間違いかと思っていたが、「専門性を評価して」との政府の説明は嘘ではなかったらしい。

通常ならE2のように、異星人の情報収集から帰還したメンバーは盛大なレセプションで迎えられたのだろうが、地球圏とのワープ途絶の昨今はレセプションの類はほぼなくなった。文明維持の目処が立つまで資源節約が重要との判断だ。そういう状況でスイートルームが与えられたのは、イーユンが評価されていることの証左だろう。彼女はそう解釈した。

それでも翌日には、自宅のあるカラバス農場へ戻らねばならなかった。朝食はルームサービスではなくカフェテリア方式だった。レストランは広かったが、社会情勢のためか厨房の半分は閉鎖されていた。そしてそもそも宿泊客が少ない。それほど大きなレストランではないのになお空席が目立った。食事の種類も減っていたが、味は良かった。

客の大半は連れがいて、単独行動はイーユンだけだ。同僚と呼ぶべき下田カンは先にカラバス農場の研究室に戻っている。イーユンとしては一刻も早く下田と合流したかった。なので朝食後すぐ、ホテルから西に一キロのところにあるターミナルに向かう。ここは陸路でアクラ市に向かうバスの発着所であるだけではなく、カラバス農場からのトラックの中継地でもある。一〇〇万人の食糧供給を行うため、ターミナルではひっきりなしにトラックが行き来する。

イーユンが無人タクシーで到着した時にも、大型穀物タンクを乗せた三連のトレーラートラックが停車し、穀物の積み出しをしているところだった。

「ジョンさん、こんなところで何してるんですか？」

トラックのドアに設置されたインターフォンから声がした。トラック自体は無人だが、車両の運行や荷物の積み下ろしはカラバス農場の中央管制室から遠隔で行われている。声をかけてきたのは、トラック班のジョン班長だ。親戚でも何でもないが、同姓なので互いに見知っていた。

「聞いてないの？　政府の仕事でアイレム星系に行ってたの」

「いや、それは知ってますよ。つまり、今も宇宙じゃなかったのかってことで」

ジョン班長の言葉に、イーユンは自分たちの帰還がそこまで知られていないことを察した。確かにE2の帰還は機密事項などではなかったが、予定外の場所にワープアウトするなど、事実関係の整理に追われていた。政府としても情報公開の文書作成にはそれなりの時間が必要だろう。

「報告のために戻ったの。それより、乗っていい？　帰宅して報告書をまとめたい」

「いいですよ、乗客は他にいないし」

班長がそう言うと、先頭の牽引トラックのドアが開いて、タラップが降りてきた。百トン近い穀物トレーラーを牽引する大型車両だけに車高は高い。そして車内には余裕があるので、首都と農場を移動する人間は、トラックに便乗するのが常だった。

トラックがラゴス市の中心から出発して一〇分としないうちに周囲の風景は一変した。近代的な都市は軽合金製のシールドとネットによる防壁を抜けると、すぐにそこからはまばらに灌木の茂る草原地帯に入る。植物の色調は黒っぽい緑で、この惑星の植物は輻射光を無駄にしないためか、複数の波長に対応した葉緑素を持って光合成を行なっていた。

太古にこの惑星に光合成生物が誕生した時、使用する波長の異なる複数の藻類が、何かの原因により一つの細胞で共棲関係を築くように進化したのが理由と考えられていた。

草原や森林の色調は薄暗い感じではあるが、惑星レアの植生は地球に似ており、俯瞰してみれば生態系の構造も共通点が多い。

ただ、似ていると言っても地球の動植物がこの惑星で繁殖できるかというと話は違う。地球由来の草食動物にとって、レア由来の植物はどれも分解できない成分を含んでおり、中毒を起こすことになる。このため家畜の放牧など不可能だ。そして草食動物に依存する肉食動物の繁殖も成功していない。惑星土着の草食動物を地球由来の肉食動物が食べると、やはり中毒を起こして死滅するからだ。

地球系齧歯（げっし）類の中には突然変異により土着に成功したものもいたが、可食動植物が極めて乏しく辛うじて個体数を維持できているだけだ。しかもこれらの齧歯類も地球系肉食動物が食べると中毒死を起こすのだ。

幸か不幸か、惑星固有の昆虫や草食動物が地球由来の穀物や農作物を食べることはなかった。彼らが中毒死を起こすわけではないものの、そもそも惑星には存在しない植物であったから、食べようとする草食動物がほぼいないのだ。

それだけでなく人類にとって惑星固有の陸棲動物についても食糧になり得るものはいなかった。海洋では可食な魚がいくつか報告されていたが、他は有毒なものも多く、これらを識別しての漁法はまだ研究段階に過ぎなかった。

このように食糧という観点では、惑星レアの豊富な生態系は入植者には何の恩恵ももたらしていなかった。もちろん大気組成や気温という点では最大限の恩恵を受けているのは間違いようのない事実である。

イーユンは子供の頃から農場で過ごしていた。その敷地内だけは、人間に管理されているとはいえ、辛うじて地球の植生が維持されていた。長年にわたる土壌改良などの成果だが、それだけに彼女には車窓から見える惑星由来の生態系が未だに異質な空間に思えた。現実には自分たちこそが惑星から見れば異質な存在であるのだが。

いまでは大人たちの嘘とわかるのだが、子供の頃は、惑星レアに住んでいる謎の部族の話を聞かされてきた。知性体はいないと言われてきたレアには、実は先住民族が隠れ住んでおり、人間を惑星から追い払うために、一人で出歩く子供を攫って食ってしまうのだと。

この都市伝説の真意は、十分な装備もないままに、地球とは異質な生態系を子供が出歩けば命を失うことになるとの戒めだ。レアの生態系は徹底的に人間に無関心であるがゆえに、人が生きるためのものを何一つ用意していない。湧水でさえ、飲めば中毒症状を起こすのだ。

大人になって、惑星の生態系にとって植民者は侵略者であることは理解できるようになった。だからイーユンは惑星土着の生物に愛着はなかった。彼女にとって、この灌木が生えている草原の中で人類社会との紐帯を示すか細い存在は、トラックが走っているこの道路であり、時たますれ違う農場の穀物トラックだった。

農場の手前で、景観は一気に変わった。灌木がすべて伐採され、色調の異なる草原が広がる空間に出る。それは農場周辺を囲む防御エリアだ。もちろん侵食して来るのは土着の動植物だ。土壌を改良し、地球由来の草木が茂るエリアが、農場の環境を守るための防御壁となるのだ。同時にこのエリアは農場拡大のための用地でもあった。

そうしてトラックは、カラバス農場と草原とを隔てる軽合金の城壁を通過した。

一五〇万セラエノ市民に食糧を供給する、惑星レア最大の農業コンビナートがカラバス農場だった。いわゆる農地の面積は八万四〇〇〇ヘクタールあり、単純計算で一辺二九キロの正方形に相当する。むろん農場の中はもっと複雑だ。

法人としてのカラバス農場は一つだが、農地そのものは四ヶ所のエリアに分かれていた。最大の面積を占めるのは穀物生産エリアで、麦や米、稗、粟などはここで生産される。稗や粟まで生産するのは、幾つもの植民星系での経験による。

単一作物の大規模栽培は、病害虫の被害に遭うと壊滅的な打撃を受けた。植民惑星固有の生態系の中に人間の食糧になるものは極めて少なく、入植者は畑の作物が全滅すれば飢えるしかなかった。歴史の中には、これが原因で植民地を一時的に放棄したところもあるほどだ。

このため今日では複数の穀物を栽培するのが一般的だった。ただ稗や粟は「食糧にもなる雑草」という位置付けで、これに地球由来の昆虫を加え、比較的単純な生態系を構築するために主に用いられる。農業コンビナート内に擬似的な地球の生態系が構成されることで、惑星土着の生態系が農場を侵食するのを阻止するのだ。追記すれば生態系を構成する昆虫も可食である。

稗や粟による擬似的生態系はやはり広大な面積を有する野菜エリアでも維持管理される。野菜の幾つかは、人類の宇宙進出のために品種改良され、ほぼ完全食品に近い芋などの根菜類が中心だ。野菜エリアでは単に栽培だけでなく直接野菜を出荷する他、加工したのち冷凍食品の形でも出荷される。

これとは別に飼料作物エリアと、それを活用した畜産エリアがあった。畜産エリアは農場内で家畜ごとに広く分散されており、伝染病などの感染が拡大しないようにされていた。飼料作物エリアは決まった場所がなく、栽培エリアは状況により変えられた。

これは飼料作物に農場の地力回復の役割も期待されているためで、土壌の状態を分析して栽培エリアは決められた。

狭い意味での農場はこれだけだが、カラバス農場には先の冷凍食品工場だけでなく加工肉の工場なども分散して設置されていた。

培養肉や培養野菜（基本となる野菜細胞を三次元プリンターで野菜に加工する）の製造が限定的なのは、そうした培養食料の原材料が農作物に依存していることと、土壌で育成した野菜やそれを餌とした食肉が、地球圏の市場では高価で売買されるためだ。つまりカラバス農場はセラエノ社会に食糧を供給するだけでなく、外貨を稼げる商品を生産しているのであった。

だからかつては名実ともに、セラエノ市民の食糧基地だったのだが、社会の発展とともに、安価な培養肉や培養野菜のメーカー（も実はカラバス農場の子会社である）が市民に安価な食糧を供給できるようになる道筋が見えてくると、農場の野菜や肉は地球圏へと送られた。市民の胃袋を満たすのは子会社であり、親会社は外貨稼ぎに社業の重点を移動させている移行期だった。ただセラエノ星系の宇宙インフラには未整備の部分が多く、穀物などを軌道上に打ち上げる能力の制約から、輸出量には限界があった。

「このトラックは三号サイロに向かうが、博士はどうする？」

政府関係の仕事に関わるようになってから、博士と呼ばれることが増えた。揶揄するのではなく、農場からそうした人材が出たことを誇りに思ってのことだ。

「中央研究棟で降ろしてもらえる？」

るだけだ。イーユンは中央管制室に向かって、そう指示をする。とはいえ班長からは声が返ってくるだけだ。

「了解した。通過地点だから好都合だ」

「下田はいる？」

「研究棟にいるかってことですか？　えぇ、いるはずですよ」

「ありがとう」

カラバス農場は分散した農地と農地を結ぶ主要道路の集中している領域に、小さな都市を形成していた。農場職員が五〇〇〇人、その家族を含めて総人口は二万人というところだ。住人はここで都会的生活を謳歌し、シフトに従い各農地や作物の加工工場に散ってゆく。そしてこの農場を維持している限り、彼らは地球由来の動植物による生態系を見ることができた。

農場は企業体ではあったが、その組織はいささか特殊だった。これは植民星系の食料価格の低減という至上命題とともに、近年では地球圏の食料品市場での競争に勝つために、効率的な運用を求められていることと関係があった。付加価値の高い農作物を栽培するために、農場職員は地球留学組こそ少なかったものの、大半がセラエノ星系で高等教育を受けていた専門技能の持ち主だった。

そして可能な限りの機械化の導入で、それぞれの分野の専門職は一人ということはなかったが、交代要員分のマージンを含んだ最少人数しかいない。さらに同じ農作物が飼料になったり、加工食品に回されて残渣が肥料部門に還元されと、部門間が有機的に連携をとっていた。

こうしたことからカラバス農場の組織には、社長や執行役員など法的に置かねばならない経営陣こそいるものの、企業内に明確な階級・役職の差はなかった。というよりも差のつけようがなかった。もちろん各部門には幹部と目される職員はいるのだが、それも役職ではなく、各部門の中で自然とそうしたポジションに納まった職員というだけで、階級とは異なる。

生産から出荷、流通、販売、そして会計処理の一連の過程について、それぞれのプロセスで専門職の発言が優先されるため、部外者が専門家である幹部職員に命令を下すことは稀だった。幹部職員に対して異議申し立てができるのは各部門の同僚たちなのである。

名目上の経営陣にしても、経営の専門家としてカラバス農場に雇われている立場であって、全体に命令することはできず、可能なのは戦略ビジョンを提示し、それに対する全体会議で採用の可否を討議するくらいである。

カラバス農場は行政区画としては、ラゴス市カラバス地区に属しているが、政府や市役所からは半ば独立国のように扱われていた。

そんなカラバス農場の中でイーユンは、担当が農場の生態系安定のための基礎研究部門であるため、知名度はそれほど高くはなかった。彼女の研究の重要性は各部門の中心となる幹部職員たちも理解しているが、基礎研究部門との接触はあまりないため、特に声をかけられることもなかった。

だが、この日は違った。彼女の姿を認めた幹部職員たちが「イーユン博士」とか単に「博士」と声をかけてきたのだ。アイレム星系から戻ったことが理由なのか、政府関係の仕事をしているからなのかはわからない。それをわざわざ確認するつもりもなかったが、彼女は一夜にして農場の有名人になっているのは感じられた。

それは中央研究棟の施設内でも同じだった。何より驚いたのは、各部門の幹部職員の総意として、中央研究棟のスーパーコンピュータの優先的使用権が与えられたとエージェントが告げたことだった。いままでは生態系のシミュレーションなど、他部門の業務の合間に割り込ませてもらっていたものが、優先的に利用できるようになったのだ。

さらにいままで相部屋で使っていた仕事場から、彼女個人の研究室が与えられていた。隣接するのは下田カンの研究室だ。どうやら下田も「博士」と呼ばれる仲間になっているらしい。必要ならスタッフも一人増やせるという。いままですべて一人で研究していたから、スタッフがつくだけでも大事件だ。

イーユンは自分の研究室に入る。相部屋から機材が移動されており、すぐに仕事はできそうだ。ただ正直、個室でも相部屋でも仕事内容に大きな変化はない。ただ個室だと専用のコーヒーサーバーが用意されているのはありがたかった。

「おかえり、博士」

「あんただって博士様でしょ」

イーユンの部屋に下田が現れた。ガラス張りの研究室なので、入室は見ていればわかるのだろう。

「惑星バスラはどうだった？」

挨拶もそこそこに下田はそう尋ねると、イーユンが勧める前に近くの椅子に座る。下田とはそんな関係だ。

「一〇〇メートル先にある豪華なディナーを望遠鏡で眺めながら、手元のポテチを食べてるようなものよ。謎ばかり見せつけられて、指一本触れられない。だからどうと言われれば、欲求不満だけね」

「マネコンに参加していたが、それだからテラフォーミングについてはセルマが報告していたのか」

下田の言うマネコンとはマネジメント・コンビナートの略称だ。最近はほとんどの市民がそう呼んでいた。下田がE2の帰還報告の内容に関する専門家分科会のメンバーであることは、イーユンには当たり前のことだった。

「報告だけだからセルマにお願いした。結論も出せないような話に専門家が雁首(がんくび)揃えても仕方がないでしょ。それにマネコンっていまひとつ信用できないんだよね」

イーユンはマネジメント・コンビナートという試みをそれほど評価していなかった。理由は単純で、自分たちの農場の運営システムと大きな違いが感じられないからだ。彼女も農場の運営方針は評価していたが、だからこそマネコンに対しては今更という思いがあった。さらにその仕組みを行政機構に適用するのは不適切な気がするのだ。

もっとも自分のマネコンについての知識も表層的なものだという自覚はある。彼女の関心は自分の研究に専念できるかどうかにあった。

「ずっと考えてきたけど、テラフォーミングって線は、もしかすると間違いかもしれない」

「あぁ、セルマも言っていたな。テラフォーミングで安定した環境が維持できているなら、イビスは地上に進出していないとおかしいって」

下田のまとめ方は雑だと感じたものの、内容は概(おおむ)ね合っている。

「それでイーユン、テラフォーミング説が間違っているとして、ならばどう解釈する？」

「解釈するって、情報が圧倒的に足りないの。惑星バスラの地上に降りられるなら、もっとはっきりしたことは言えると思うけど。

ただこれまでの情報から判断すると、現在の惑星バスラの生態系はイビスとは無関係と考えるべきかもしれない。彼らがテラフォーミングを試みたのかそうでないのかは不明だけど、あの惑星の生態系は、気候変動に対して強い耐性があるように見える」

「気候変動に強い耐性って？」

イーユンはそれを説明する代わりに、自身のエージェントに命じて、一つのファイルを表示させる。室内に惑星バスラの立体映像が浮かび、その横に幾つかのグラフが並ぶ。

「細かい点は調整が必要だけど、大まかに作り上げた惑星バスラの気候モデル。恒星の輻射熱量と惑星の大気と表面のアルベドの関係をシミュレートした。すると惑星バスラの海洋を覆う浮草の存在が決定的に重要だとわかった。

アイレム星系で、恒星の輻射熱量の変動がどのような周期なのかははっきりしていない。観測が始まって半世紀にも満たないから。ただ他の恒星との比較から、アイレム星系の恒星はもっと輻射熱量が多くても不思議はないと言える。つまりいまは活動の比較的停滞している時期に当たると」

イーユンの説明に下田も納得した。まじめな話になると彼も居住まいを正す。

「惑星バスラで生命が誕生し、惑星全体に広がった時点では、いまよりも温暖だった。それなのに周期的な変動か何かで恒星からの輻射が減った。

　ここでどういうきっかけでかわからないけど、海洋を浮草が覆うようになって、惑星のアルベドが低下し、恒星からの輻射を反射しないで取り込めるようになった。これにより惑星は急激な寒冷化を回避した。こうしたシナリオなら、現在の環境は説明できる、ただし半分」

　イーユンは立体映像を現在の惑星バスラの姿に戻す。

「問題がある。失敗例は表示しないけど、黒っぽい浮草で惑星が暖められるモデルは、安定しないのね。海流もあれば、気象状態も関わる。浮草が高緯度地方に流されすぎると暖房効果も減少する。赤道に集まりすぎれば、赤道だけが高温帯になるので、気象はより不安定になる。

　ところが観測した範囲で、惑星バスラは気候が安定した世界だった。もちろん惑星規模の大気循環はあるけど、それを考慮に入れても安定すぎるくらい安定」

「それは不思議だな。恒星の輻射が安定だとしても、惑星軌道は楕円で傾斜角もある。惑星が受ける輻射熱量は軌道の影響も受けるのだから、相応に変化して然るべきだ」

「説明できる半分に対して、説明がつかない半分にも仮説は立てられる。もっとも単純な仮説はあの浮草は惑星規模で情報のやり取りをして、惑星環境を常に安定させるシステムになっている。たぶん生存競争の過程で、群れとして情報交換できる浮草の種が勝ち残って、海洋を支配するに至ったんだと思う」

下田も、イーユンの大胆な仮説をどう解釈すべきか迷っているようだった。

「温室の中では、室内の温度や湿度が高くなれば自動的にガラスの透過率を変化させることは普通に行われている。いわばあの浮草は、それを惑星規模で行なっているわけか。それはつまり海洋を支配する浮草は知性体ということか？」

「それは飛躍だと思う」

イーユンは下田の意見に異議を唱えた。

「温室の温度調節器は巧みな装置だと思うけど、知性体ではない。惑星バスラの浮草システムも、いま言えるのは高度な自動制御機構というところまでで、知性体である証拠がない」

イーユンの意見に下田はしばらく考え込んでいた。

「その浮草による自動制御機構はイビスと何か関係があるのだろうか？」

「それもないと思う。地上をレーザー測距儀で精密に計測すると、そこそこ大きな工事の跡が見つかった。つまりイビスは一度は地上に拠点を築こうとして失敗し、おそらくは地下に移動させた。

我々は海洋を支配する浮草しか観測できておらず、その下の海中がどうなっているのかまではわからない。ただ、惑星レベルで情報交換が行われているからには、情報伝達のための仕組みがあるはず。

そうしたことを考えると、あの海洋に広がる浮草の集合体は、複数の動植物が複雑に絡み合って生活圏を構成していると思う」

「根拠は？」

「レーザー測距儀による精密計測だと、浮草はその形状から少なくとも三種類に分類される。平たいだけのものや、球体をしているもの、さらに棘のような突起を生やしているもの。同じ植物が三つの異なる形状をとると考えるより、三つは別種と解釈するほうが自然でしょう。

そしてよく知られているように、生態系は多種多様な生物に関係性を持たせるほうが、環境の変化への抗堪性が高い。これはシミュレーションでも実証され、人類の六〇近い植民星系でも確認されている。だからあの浮草群が恒星輻射という外的な環境変化への対抗策なら、多種多様な生物をネットワークに加えたほうが有利だ。

だから仮にイビスが惑星環境の改造を意図していたとしても、生態系の鍵を握るあの海洋の浮草群を変化させることは難しい。一つ二つの生物種を改変しても、そんなものはより複雑なシステムの中に飲み込まれてしまう。イビスがどんな文明か知らないけど、複雑精緻な生態系を完璧に制御できるだけの技術があるとは思えない。

それに惑星が凍結しないのは、あの浮草群がいまの状態でいてくれるからで、下手に改造を行えば惑星環境は急激に悪化することになる。土木工事の痕跡がごく一部でしか観察できないのは、イビスもそのことに気がついたのかもしれない」

下田はイーユンの仮説に表情を難しくする。

「そこまでの情報から判断すると大きな疑問が生まれる。それは……」

「そうなの。イビスは何が目的で惑星バスラの地下で暮らしているのか？　惑星環境とイビスの存在は明らかに矛盾してる」

一二月三日・軌道ドック

「はい、注目！　第一から第三班まで、エージェントに作業手順はすでに転送した。届いてない人はいない？　いたらすぐに言って。これはね、エージェントと通信装置の試験もかねている。船外作業をするためには、この二つが正常に機能することが前提になる。

どちらか一つに不調があったら、遠慮なくシフトを抜けていい。人員が抜けた穴は、工作部長の私が考える。そこは私の責任であって抜けた人間の責ではありません。逆に、機器の不調を放置して作業に臨んだ場合、そこで生じた事故の責任はあなたたちのものとなる。

宇宙は甘くない。私たちの命を守るのは、宇宙服という袋一枚だけなの。それを忘れないこと。船外作業に英雄はいらないの。危険は避ける。何よりも臆病になる勇気を持って。機器の不調はないわね。それではバディの宇宙服に不備はないか、互いに確認して」

狼群妖虎は、宇宙服を着用し、津軽の司令塔から全体を肉眼で俯瞰していた。そこからは船体に身体を固定している一八人の作業員の姿が見えた。妖虎は通信機のテストも兼ねて、宇宙服から指示を出す。津軽は輸送艦なので、船倉に専用コンテナを収容するための指揮所として司令塔が設けられていた。

全長一〇メートルほどのトラス構造柱である。二〇世紀頃の古典映画に出てくる収容所や刑務所の監視塔に似ていると妖虎はずっと思っていたが、そんな大昔の映像コンテンツに興味のある人間が少ないので、妖虎の「監視塔みたい」という意見に共感してくれる人はいまだにいない。

津軽に対する工作艦への改造工事は大きく分けて二つあった。津軽本体とは別に製作を進めていた工場モジュールと、対象物と津軽の間を固定するための二基の大型ロボットアームである。工場モジュールは輸送艦の大型汎用コンテナを改造して、三次元プリンターなどを搭載し、基本的な修理作業を可能とする程度の装備を目指した。

大型ロボットアームは明石のそれを意識したものだが、構造はより簡略化されていた。これは時間的な制約が大きかったためだ。

そして妖虎は、これから行う訓練を兼ねた作業手順を確認する。まず分解された部品を結合して、小型のロボットアームを津軽に設置する。次にそれを用いて、大型のロボットアームを組み立て、同様に本体に設置する。そこまで行なってから、二つのロボットアームにより工場モジュールを津軽の艦内に設置するのだ。

ここまで行えば、後は搬入した工場モジュールと艦内システムとの、電源や酸素や給水関係の結合だけだ。それが済めば工場モジュールは真の意味で宇宙船の一部となる。宇宙服を着用せずに作業を進めることができる。

工場モジュールそのものは、大型輸送コンテナの転用なので、輸送艦ならロボットアームなど使わずとも艦内に収容可能だ。しかし、船外作業経験の乏しい技術者に対する訓練として、一連の作業は最適と思われたのだ。

だから通常なら使用されるドローンなども用いられず、人間中心の作業となった。何よりもまず、地上作業の経験しかない技術者たちに「無重力空間では質量と重量は違う」ことを会得してもらう必要があった。

「西園寺艦長、手を上げて！」

小型のロボットアームの周辺で作業をしている人間の中で手が上がる。妖虎は小さくため息を吐く。そして通信回線を西園寺専用に切り替える。

「何をしてるのよ。艦長が現場作業に顔を出すな！　これは訓練なんだから、あんたも司令塔に来なさい！」

マネジメント・コンビナートでの議論の中で、モスボール中の輸送艦津軽の改造が決定した。基本設計は明石工作部が済ませていたため、何を為すべきかはわかっていた。いささか面倒なのは、津軽の所有権が乗員込みでアクラ市管轄であったため、乗員の中にアクラ市側代表も乗り込まねばならず、そのための専用区画を用意することだった。しかし、輸送艦だけに容積には余裕があり、これもさほど深刻な問題ではなかった。

むしろ輸送艦津軽を特設工作艦に種別変更するにあたり、艦内編制をどうするかが問題だった。宇宙船を動かすだけなら津軽の固有乗員で充分だが、問題は工作部を新編しなければならないことで、基本的に明石から人材を抽出することになるのだが、これも限界があった。

すでに軌道ドックの製錬所建設と、松下を責任者とした三次元プリンターのマザーマシン製造プロジェクトに明石もかなり人員を割かれていた。とはいえ工作機械を揃えても、素人しか乗っていない工作艦は張子（はりこ）の虎でしかない。

不足する人材の一部については狼群商会の地上勤務技術者を異動させることで、ある程度は目処がついた。本社こそ工作艦明石の中に置いているが、ラゴス市にもアクラ市にも支社が置かれており、技術者の派遣業務なども行なっていた。狼群商会としては、インフラ系の技術現場を学ばせる意図があった。

それでも足りない人材についてはアクラ市が積極的な協力を約束してくれた。これは、アクラ市の技術者で宇宙船や宇宙施設の実務経験を持ったものが少ないため、特設工作艦津軽を通じ、こちらもまた人材育成を期待したわけだ。

最終的にこうした形で特設工作艦津軽の工作部についても目処はたった。しかし、技術の素人こそいないとはいえ、宇宙船での技術経験が少ないのは否めない。このため期間限定で狼群妖虎工作部長が、津軽の工作部長としてマネジメント全般を取り仕切ることとなった。

さらにアイレム星系では船外作業が多くなることと、椎名ラパーナの救援の助っ人となることも期待して、船外作業班「な組」の面々も乗り込むこととなった。このあたりは河瀬康弘やロス・アレンの希望も大きかったという。

時間的余裕はさほどない。椎名からのメッセージに対して返信を行うスタッフを編成し、津軽でアイレム星系に向かう計画だ。

津軽には武装がなかった。イビスに効果的な武装などわからないし、レーザー光線砲なりミサイルなりを搭載するだけなら可能だが、高度な火器管制システムを搭載する余地はない。そして火器管制システムのない兵装はほとんど役には立たないのだ。だから津軽は戦端が開かれそうになったら逃げることが厳命されている。帰還したならば、まともな戦闘艦に改造も可能だが、退くべき時に退かず無駄な戦闘で破壊されれば、宇宙船はもとより貴重な人材が失われてしまう。それだけは避けなければならないのが、政府やマネジメント・コンビナートのコンセンサスであった。

一二月一〇日・アイレム星系

特設工作艦津軽がアイレム星系にワープしたのは、改造から一週間後のことだった。椎名からのメッセージに反応するのに一〇日も置いたのは遅すぎるとの懸念はあった。しかし、準備不足のままにイビスとの本格的なコミュニケーションを行うことは、より問題があると判断された。

　何よりも地球圏との交通が途絶した状況では、イビスとの交流に割けるリソースには限界があった。その中で一〇日で対処できたのは、むしろ快挙というべきだろう。とはいえ、イビスがそれをどう判断するかは未知数であった。

　津軽がワープアウトしたのは、アイレムステーションの近傍ではなく、まずE2が帰還する前に分離したギラン・ビーの近傍だった。津軽に搭載していないギラン・ビーの回収と内部のデータ記録を分析するためだ。

　西園寺は、妖虎やセルマなどの幹部乗員とともにブリッジにいた。もちろん仮想空間を利用して、分散した幹部たちと意思の疎通も図れるが、乗員の一体感が構築されていない状況では、こうしてブリッジに集合することを重視した。

「E2が離脱してから、メッセージも送られていないし、宇宙船も現れていないのか」

　どう思う船務長、と口にしかけて、西園寺は宇垣がいないことを改めて思い出す。

「データを見る限り、そうですね」

　新任の船務長である竹之内ザラが答える。宇垣の事件のために、津軽の乗員の中で、船務科の人間はほぼいなくなった。主犯は宇垣でも、従犯の人間をイビスとの交渉の場には出せないとの判断だ。

その穴埋めとして、狼群商会の内航船の乗員などで、船務科は再編されていた。竹之内もケルンという内航船の船務長だった。まだ若いが船の運航は問題なく行なっていたようだ。いまはそうした平凡さが重要だ。平凡な技量の人々で文明は支えられているのだ。

「ギラン・ビーの映像データでは、アイレムステーションの周辺に宇宙船の類は現れていません。電波信号のやりとりも観測されてはいません。またアイレムステーションのシステムに侵入が試みられた形跡もありません。放置状態です」

「どこで監視してたんだろうね？」

そう言って会話に入り込んできたのは、臨時の工作部長である狼群妖虎だった。通常は艦長の次席は船務長であるが、特設工作艦津軽において次席は工作部長の妖虎であった。これは工作艦という船の性格から、工作部長に大きな権限が与えられていることが理由とされた。

「監視とは？」

「だって艦長、Ｅ２が帰還してから、イビスの側はこちらに対して何のアプローチもしていない。アイレムステーションの位置まで教えているのに、直接的な接触は通信電波一つ送られていない。

つまりこのステーションが留守だとイビスが知っているからこそ、何も接触をしかけてこなかったことになる。監視していたとしか思えないでしょ」

「ならばアイレムステーションに急ぎましょう。彼らが監視をしているなら津軽の存在は彼らに対してメッセージになる。接触はすぐに再開されるかもしれない」

「工作部長として、その判断に同意します」

狼群妖虎には、西園寺の権限を奪うような意図がないのはわかっていた。ただ寄り合い所帯の津軽を一つのチームにすべくあれこれ口を挟んでいるのだ。

それは本来は西園寺の仕事であるのだが、妖虎をはじめとして、周辺は必ずしもそうは考えていない節がある。一番の理由は、津軽の次席であった宇垣船務長の暴発だった。西園寺のリーダーシップが機能していたならば、宇垣の暴発はなかったのではないかという見方は少なくない。

西園寺もそれは承知していたものの、宇垣の暴発の責任まで負う気はなかった。ただ津軽を武力で動かそうとするような稚拙な計画を実行したことには、思うところはある。自分が彼ともっと密に接していたら、あるいはあんな馬鹿なことはしなかったのではないか。その可能性は西園寺自身も否定はしない。

もともと西園寺は部下との情の結びつきを作ろうとは思わない人間だった。ワープ宇宙船の乗員は、専門教育を受け、現場で経験を積んで、より条件の良いところに異動するものというのが西園寺の考えだ。部下を情で縛らずに、さっさとキャリアアップできる環境を用意するのが艦長としてあるべき姿と彼は考えていた。

誰かが上を目指して津軽から降りたとしても構わない。抜けた穴は津軽でステップアップを目指した新人で埋めればいいのである。だから松下運用長が異動したことは、西園寺にとっては不満に感じることではなかったのだ。

ギラン・ビーの位置からアイレムステーションへの移動はワープではなく、通常の核融合推進を用いた。自分たちが帰還したことを誇示するためである。ただ現時点ではこちらからのメッセージは発信しなかった。ドッキングし、その上でステーションに異変がないかを確認してから判断する計画手順であったからだ。遠距離のギラン・ビーではイビスの宇宙船を探知できない可能性もある。極端な話、アイレムステーションの中にイビスが潜んでいる可能性も否定できないのだ。

しかし、津軽は特に問題なくアイレムステーションとドッキングを完了し、スタッフは安全確認を行うと、すぐにステーションへと移動した。システムを二重に点検したが、外部からの侵入の跡はなく、イビスはアイレムステーションに何も行わなかったことが確認された。

そして探査衛星の観測データもステーションから津軽に転送される。そうして彼らはあるものを発見した。

「人工衛星か？」

一〇日以上放置していた探査衛星はその後も計測を続けていたが、その探査画像の中に、人類以外の人工衛星の姿があった。それはシルエットしかわからなかったが、小型自動車ほどの大きさで、六角形の板のような形状をしていた。

確認するとアイレムステーションの望遠鏡も、この人工衛星の存在を確認していた。ただ探査衛星とステーションとで人工衛星の認識は違っていた。

イビスの人工衛星はE2が消えて一日ほどしてから姿を現した。それは軌道上にワープしたのではなく、ずっと以前から惑星周回軌道にあったが、視認できなかったものが見えるようになったということらしい。

ステーションのカメラには、表面に地上からの景色を投影し、保護色のように存在を隠していた衛星が記録されていたのだ。つまり人類は惑星バスラに人工衛星が存在しないと思い込んでいたが、実はずっと軌道上にあったのだ。

「なぜE2で撤退してから、この人工衛星は姿を現したのだろう？」

「それは撤退したからでしょう」

そう発言したのは妖虎ではなく、セルマだった。彼女は艦内編制では特に役職はないのだが、アクラ市の代表として乗艦していた。それ以外では、非公式ながら科学チームの補佐役として入っている。

「アイレムステーションから宇宙船が消えた。しかし、ステーションが無人かどうかはわからない。だから衛星の保護色を解いて人類側の反応を見た。そして反応は何もないので、彼らはアイレムステーションは無人と判定した。そういうことでは？」

セルマの意見に妖虎が反応した。

「だとして探査衛星での反応が二日ほど遅いのはなぜ？」

妖虎は自分の質問に対して合理的説明をわかっていたが、セルマがその結論を導くのか試しているように西園寺には思えた。

「比較的単純な理由だと思います。ステーションのカメラでわかるのは、この衛星軌道が極軌道であることです。最初の頃、我々の探査衛星よりも高高度を回っていた。探査衛星のカメラは下向きですから、上空のイビス衛星を発見できない。

なのでイビス衛星は高度を下げて、探査衛星よりも低い高度に移動した。すると探査衛星のカメラに観測される機会が生じる。そういうことだと思いますけど」

「なるほど。それなら合理的に説明がつくわね」

さすがに妖虎も「よくできました」と口にするほど子供ではなかった。ある意味で、人を試すというのは不躾な態度だが、妖虎としてはアクラ市の代表の能力は確認しておきたかったのだろう。なんと言ってもアクラ市の了解が得られない限り、津軽の運用は色々と掣肘が加えられる。話が通じる人間かどうかは重要な問題だ。

一機の人工衛星を確認できたことで、西園寺は津軽のセンサーシステムの設定を調整させた。衛星は迷彩を施していたが、機体の温度は宇宙空間よりも高かった。その他、この衛星を参考にセンサーの再設定を行なった結果、迷彩を施した人工衛星がもう一つあることがわかった。

衛星はこの二機だけで、どちらも極軌道を回っていた。高度や周期は違っていたが、迷彩を解いた衛星が高度も変更できたことから、深い意味はなさそうだった。高度などは適宜変更していると思われたからだ。

「しかし、高度や周期の選択に深い意味はないとしても、どうして極軌道という部分だけは変わらないのかしらね？」

妖虎の指摘は西園寺も感じていた。静止軌道に通信衛星が置かれている様子もない。それは迷彩の可能性も検討して精査したが、静止衛星はなかった。

「通信衛星も必要ないというのは都市なり基地が自立していて、他と通信を確保する必要がないからだろう。局所的にケーブルを敷設しているかもしれないが、惑星の表面を見る限り、敷設されているとしてもごく一部だろう。

それより問題なのは、たった二つの衛星がどちらも極軌道である一番合理的な理由は、我々の探査衛星と同様に、惑星表面を観察するためと考えられる」

妖虎は誰に言うでもなく、考えをまとめるかのように、そう説明する。

「イビスは自分たちの探査衛星で、住んでいる惑星の地表を監視している。事実関係を合理的に解釈すると結論はそうなる。しかし、どうしてそんなことが必要なのか？」

妖虎の疑問は西園寺の疑問でもあった。通信衛星さえ置いていないのに、探査衛星で惑星表面を監視する意味は何なのか？

「単純に惑星表面だけを探査しているのではなく、惑星外も監視しているはずです。さもなくばアイレムステーションの存在を彼らが察知できるはずがありませんから」

セルマの指摘も確かに筋が通っていたが、全体の整合性はどうにも取れないような気がした。

西園寺はいままでの意見をまとめる。

「ここまでの情報をまとめると、まずイビスは地下に都市を有しているらしい。また宇宙船も保有している。

そして探査衛星で惑星表面とおそらくは惑星外の領域の監視も行なっている。だがイビスは一時的に惑星表面に拠点を築こうとしたが、なぜか頓挫している。

さらに惑星の生態系は、現在の輻射量なら氷河期になってもおかしくないところを、生命に快適な環境であるように維持している。これがイビスのテラフォーミングの結果かどうかはわかっていない。

イビスがこの惑星に強い関心を抱いているのは間違いないようだが、一方で、惑星環境はイビスの生存には向いていないように見える」

「そうなんだよね。居住に不向きな惑星に地下都市を建設して暮らす理由がわからない。文化か何かの都合で地下都市を建設するのはありえるとして、地下都市がありそうなのは惑星でも限られた領域だけ。

かつての地球にあったように、自分を苦境に追い詰めて修行をする修験道（しゅげんどう）とか霊場の類とでも解釈しないと説明がつかない」

「工作部長、修験道ってなんですか？」

真正面からセルマに尋ねられて、妖虎は動きが止まった。

「簡単にいえば宗教施設で、苦しみに耐えれば耐えるほど階級が上がるのよ」

西園寺も修験道とは何かはわからなかったが、妖虎の説明がかなり歪められたものであるのは見当がついた。

確かに修験道の類でなら説明ができるのかもしれない。だがイビスの行動原理を理解できない理由を、何でもかんでも「文化の違い」のせいにするのは逃げであると思うのだ。

「まぁ、ここで乏しい情報から結論を求めようとしても仕方がない。我々の議論すべきは、イビスの衛星が姿を現したいま、どのようなアプローチをするかだ」

「艦長として、案はあるの？」

妖虎が尋ねる。どうも彼女自身も腹案があるらしい。西園寺の案を聞いて、自分の意見を開示しようとしているのだろう。悪意ではなく、ここを西園寺の仕切りに任せられることが確認できたなら、自分は明石に戻りたいとの考えからだ。

「イビスの探査衛星は我々の存在を知っているだろう。だからまずアイレムステーションを惑星バスラの静止軌道まで津軽で移動させる。通常の核融合推進で適当な軌道に投入するわけだ。

そしてその移動計画を、イビスの衛星に電波で伝える。地表の光の点滅から、電波通信に切り替えられるなら、コミュニケーションはいま以上に進むはずだ」

そして西園寺は妖虎に問いかける。

「工作部長は何か案はありますか？」

「ここから静止軌道へ遷移させる航行計画は立てたけど、使うかい？」

5　母の階級

一月二四日・都市宇宙船バシキール

　都市宇宙船バシキールでの椎名ラパーナの生活は、比較的平凡な日常が続いていた。正確に言えば、イビスとの意思の疎通が壁に突き当たっていたのである。仮想空間上で人体モデルを多数用いた組織実験は失敗した。実験そのものからは椎名にもイビスにも得られたものはあったとしても、人間組織のモデルを作るという目論見は失敗であった。

　冷静に考えるなら失敗するのは当然でもあった。イビスが構築した人間モデルは椎名をベースにしたものだ。つまりそれは組織ではなく、椎名の集団でしかなかったのだ。同じ人間が別々の役割を演じているだけでは、組織のモデルには使えない。

　このことはエッ・ガロウたちも認識したようで、ここしばらくは再び言語によるコミュニケーションの質向上に傾注することとなった。これにしても現実に行うことは、日常生活を過ごしながら意味のわからない単語を減らしてゆくという地道な作業となった。

そうした中で、宇宙船バシキールの外にあるギラン・ビーの実機を修理する作業も加わった。ギラン・ビーはイビスのエンジニアが継続して修理を行なっていたようで、機体としてはほぼ完成していたと言ってよかった。

一度はイビス宇宙船の磁場によって分解した機体だが、椎名が確認したところ破断面も綺麗に接合されていた。船外作業の専門家の視点で見ても溶接は完璧であった。

ギラン・ビーのシステムを起動しても、ハードウエアとしての問題はほぼなかった。システム自体は以前から稼働するようになっており、それによるとハードウエア上の軽微な損傷が認められていたのだが、それらも日毎に減っていた。

そしてついにはギラン・ビーの塗装まで再現されていた。それがわかるのは、真新しいこともそうだが、色調が本来の塗装とは違っているからだ。概ねオリジナルの色に近いのだが、全般的に赤みが強調されていた。

イビスの色覚が人間と異なるためかとも思ったが、その事実は互いに認識されているし、色の再現なら機械を用いれば済む。椎名がこのことをエッ・ガロウに尋ねると、理由は単純だった。塗装の色を変えておくことで、塗り残しがわかるようにしていただけだった。

ハードウエアとしてのギラン・ビーの修理が完了したことで、椎名はシステムのチェックも行なった。その過程もエッ・ガロウとは映像資料の形で共有していた。バシキールのAIによって翻訳経験が積まれていたが、ギラン・ビーのAIによる翻訳機能は相変わらず停止したままだった。

ただ、翻訳機能以外のAIは正常であることから、原因はソフトウエア的なものであることは確認できた。丹念にシステムのログを追っていった結果、翻訳機能が無限ループに陥ったことで、上位のAIがその機能を止めているのが判明した。

そして、翻訳機能のソフトウエアが無限ループに陥った理由もわかってきた。バシキールの高性能AIは、映像資料などを総合して言葉の「意味」も理解しているようだった。

しかし、ギラン・ビーのAIはそもそも複雑な問題については、母艦である工作艦明石のAIに委ね、自身では行なっていなかった。このため意味の理解という高度な問題処理は明石のAIに依存する構造であった。ギラン・ビーのAIに可能なのは、言葉と言葉の「関係性」の分類と推測であった。

だから、語彙が少ない段階では言葉と言葉の関係も単純であったために問題は起こらなかったが、語彙が複雑になるにつれて、文法によっては言葉と言葉の意味が矛盾する場合も生じてしまった。イビスと人類というまったく異なる言語の翻訳ゆえに、意味を理解できないＡＩでは矛盾を解決できず、無限ループに陥る状況が生じたのであった。

椎名は原因がわかった段階で、ＡＩの言語翻訳のプロセスをすべて独立したファイルに編集して、記録した。帰還した時このデータが、より高度な意味も理解できるＡＩにとっては貴重な経験となるからだ。これがあれば人類のＡＩがイビス言語を理解するための時間をかなり節約してくれるに違いない。

もちろんバシキールの内部にいる限りは、日常の意思の疎通についてはかなり円滑に進むようになった。ただそれはバシキールのＡＩの能力であり、人類のＡＩではない。そして二つの文明の将来的な交流を考えたとき、人類もまた独自の言語翻訳手段を持っているべきと椎名は考えるのである。

このようにしてギラン・ビーの調整はイビスとの情報共有を行いながら、椎名の手で進められていった。彼女の結論は、ギラン・ビーは宇宙機として運用可能というものだった。

ただし大きな問題があった。

それは核融合炉に点火するための素粒子であるミューオンの入手方法だった。イビスの科学技術水準を考えるなら、ミューオンの生成は可能と思われた。またギラン・ビーに提供するための装置を製造するのもそれほど難しくはないはずだった。

困難なのは、椎名がイビスにミューオンという素粒子の存在を如何にして伝えるかということだ。エッ・ガロウと素粒子理論について議論できる水準には、ＡＩの翻訳機能はまだ成長していない。椎名もガロウも、互いの素粒子理論がどうもかなり異なる体系であることが予想されたためである。

さらに技術的な慣習が、実際の素粒子理論などを説明する上で障害となることがあった。たとえば人類の技術では電流はプラスからマイナスに流れるが、実際の電子の流れは電流とは反対方向である。この電子の流れと電流の違いは数世紀も続いていたが、その修正は深刻な影響を及ぼすため未だに直っていない。

しかも、同様の歴史的経緯に基づく混乱がイビスの技術や科学理論にもあるようで、その擦り合わせは容易ではなかった。問題をさらに難しくしているのは、イビスのある種の数学体系が、素粒子理論と不可分の関係にあるらしく、独自の数学理論を理解しないと素粒子理論も理解できないことだった。

この数学と素粒子の関係は、イビスの歴史上、素粒子理論を説明するために新たな概念として構築されたものなので、素粒子実験などにより数学理論も修正されることになり、理論体系としては必ずしも綺麗なものではないらしい。さらにワープ航法も加味されたことで、エッ・ガロウでさえ「難解である」というほどのものになっていた。

このような科学的・工学的な慣習の蓄積の上に、二つの文明は素粒子のようなもの（という表現になるのは、イビスは陽子や電子を粒子という概念では捉えていないらしいから）の認知や表現の仕方も異なるため、ミューオンという素粒子を示す方法が見当たらなかった。

むろん彼らもミューオンに相当する存在は知っているし、理解しているからこそ、ギラン・ビーを正確に修理できたわけだから、伝える方法はあるはずだ。ただ椎名にその手段がないだけだ。

そうした日々の生活の中で、椎名の生活を一変させる出来事が起きたのは、ギラン・ビーの時計表示を信じるなら、新暦一九九年一一月二四日のことだった。

ここしばらく朝食を終えた椎名は、共同生活の中で家事全般を担当するヒカ・ツウとスミ・テヨのところに顔を出すのが日課になっていた。

椎名とのコミュニケーション担当はエツ・ガロウであったのだが、共同生活の中で、そうしたものは段々と有名無実化していた。これはイビス側の方針転換もあったらしい。

彼らは人間の社会性についての情報を得たがっていた。それはガロウが明言したから、間違いではないだろう。

「人類総体を椎名ラパーナの積分と解釈するわけにはいかぬ」

椎名の積分というのは、人類全体を椎名の集合体と解釈できないという意味だと彼女は理解した。積分という表現の是非はともかく、特定個人を人類全体の標準サンプルとするのは確かに無理がある。

同時にガロウがそう言ってきたということは、イビスの社会においても、個々のイビスは悪意がないとしても、集団ではまったく違う行動原理で動くことがあるのを意味しているのではないか？　これはなかなか難しい問題だった。

椎名はこの一月半ほどのエツ・ガロウとの生活の中で（こうした表現が適切であるならば）彼の人の「人間性」を信用できるようになっていた。尊敬の念さえ抱いていると言っても良いだろう。

このためイビスという異星人に、人類への害意のようなものはないのではないかと考えるようになっていた。

しかし、個人としてのエツ・ガロウとイビス社会とでは、人間に対する反応がまるで違う可能性もあるわけだ。それはつまり、椎名の行動によってはイビスの集団に人類への敵意を招くこともあり得るということだ。

そう考えると、エツ・ガロウが自分たちの家族三人で椎名と最初の接触を試みたのも、そうした事態を避けるためではなかったのか？　また彼の人が椎名との意思の疎通ができるとすぐに人類組織の動きを探ろうとしたのも、基本は個人と組織の意思決定の違いを把握するためかもしれない。

だがこれはガロウだけの問題ではなく、椎名の問題でもあった。彼女はセラエノ星系への帰還を諦めてはいない。自分は生きているし、ギラン・ビーも燃料のミューオン以外は完璧だ。だから、人類とイビスのコンタクトの結果次第では帰還の可能性は少なからずある。

この場合、イビスについてもっとも知悉(ちしつ)しているのは自分である。したがって自分の発言が、イビスに対する先入観を左右しかねない。極端なことを言えば、彼女の発言が人類の歴史を変えるかもしれないのだ。

だからこそガロウ以外のイビスとも接触をとるようにしたのである。ガロウはイビス社会では高官に相当するようだ。それだけに自身の発言の重要性を知っている。ヒカ・ツウとスミ・テヨにはまだ脇の甘さを感じるのだ。

一方でガロウたちも、椎名がヒカ・ツウとスミ・テヨと接触することを容認している節があった。一つにはAIの翻訳機能の向上から、椎名とガロウだけに話者を絞る必要がなくなったことがあるらしい。じっさい椎名はヒカ・ツウとスミ・テヨとも会話ができるようになった。

だが、単に翻訳能力の向上だけでもないと椎名は考えていた。この二人から得られる情報は、日常の雑事を超えることはなかった。ガロウやその同僚に相当するヒカ・ナヨやスミ・ユナが宇宙の成り立ちを論じているとしたら、ヒカ・ツウとスミ・テヨの話題はスープの味付けレベルの次元なのだ。

もっとも、そうした具象レベルの話だからこそ知ることができた大きな発見があった。AＩの翻訳機能のためにイビスの着衣はエプロンとストラップと訳されていたが、それには意外な意味があった。

「家族三人の中で青ストラップの二人は生殖細胞提供者の役割にあることを示す」

それはツウの説明だった。地球の生物であるならガロウが出産したのだから、青ストラップのラグとニカの二人のイビスは精子提供者つまり夫となるだろう。ただこの解釈だと雌一に対して雄が二となる。地球圏でも猫のように複数の雄と交尾し、父親の異なる子猫を同時に産むような動物がいる。

ガロウの子供はクオンだけだったが、夫が二人いて、生殖は二回だが、受胎は何らかの選別機構によりどちらかの精子が選ばれるような生殖方法は、それほど不自然ではないだろう。人間だって、億単位の精子の中で受胎できるのは一つではないか。

ただ椎名は、この解釈が正しいという確信も抱けないでいた。その理由は、AＩの翻訳が精子提供ではなく生殖細胞提供という曖昧なものだからだ。ギラン・ビーのAＩの翻訳機能が作動していた時に、それとイビスのＡＩの語彙交換で、精子という単語についてもわかっているはずなのだ。にもかかわらず、精子ではなく生殖細胞なのはなぜか？

「赤ストラップは家族における母となるべき者を示す」

ガロウだけが赤ストラップだったのは、あの三人家族の中で出産するのが彼の人であることを示している。ストラップだけならそれもわかるのだが、ならばエプロンの色は何なのか？　ガロウとラグが赤エプロンで、ニカは青エプロンだ。それに対するツウの説明は椎名を混乱させた。

「赤エプロンは母になった経験者であることを意味する。だから家族において初めて母となる者は紫のエプロンを纏(まと)う」

ガロウとニカについては椎名もここまでの説明で理解できていた。しかし、ツウの説明ではラグは出産経験があると同時に、いまはエッ・ガロウの夫の一人、つまり生殖細胞提供者であることになる。

素直に解釈すれば、イビスは状況によって雄になったり雌になったりする生物ということになる。確かに地球の動物の中には、雌雄同体のものもある。だがそうした動物の場合は、発情期もしくは生殖時期によって雌雄の役割が決まる。

ところがイビスの場合、椎名の観察した範囲ではガロウ、ラグ、ニカの三名は婚姻関係が決まったのちに、三人の間でどういう形かは不明だがともかく生殖が行われ、ガロウは受胎し、出産した。

つまりイビスの性的役割は、生物としては雌雄同体であるにもかかわらず、何らかのルールにより社会的に役割が決められることになる。

あるいはそこまで複雑な話ではなく、イビスは若い時代には雄として出発し、年齢を重ねるに従い雌となるのかもしれない。ただそれならエッ・ガロウとエッ・ニカの二人が夫婦となればいい話で、一度は雌だったエッ・ラグがここで雄になる必然は考えにくい。

それにヒカやスミの家族構成も三人であり、ストラップとエプロンの色で判断して、出産経験のある雄が含まれている。椎名にイビス文化を見せる意図があるなら、三人夫婦がイビスの一般的なものなのだろう。

さらにツウの一言が彼女をなおさら混乱させた。いずれツウやテヨも母となるのかという問いにツウはこう返したのだ。

「ツウとテヨも、こうして経験を積み、学び、社会に認められ、子を孕(はら)みたい。ガロウのように常に母を続けられるほど自分たちは優秀ではないとしても、ラグのように一度は母でありたい」

ツウの話をそのまま解釈するならば、イビスは若い頃は雄で、その後に雌になるのでもなく、性そのものが雄にも雌にもなれるだけでなく、それはどうやら社会的な成功と関係があるらしい。ニカやツウやテヨが出産経験のない雄なのは、生物学的に若いからではなく、人間的に言えば社会人経験が乏しい、あるいは社会的地位が低いからなのだろう。

だから椎名が出会った九人のイビスの中で、ガロウが他のイビスから明らかに重要人物として扱われていて、さらに出産を行なったのは、必然だったということになる。

おそらくイビスの進化史の中で、こうした生殖方法が誕生し、それが社会の発達とともに制度として組み込まれてきたのだろう。

ガロウが生殖問題の翻訳を先送りするという点では椎名と意見の一致を見たのも、こうした背景があったのだろう。イビス社会の構造を説明しようとすれば、イビスの進化史（彼らは自分たちを生物学的に何と分類しているのだろう？　人類が霊長類であるように、イビスは霊鳥類なのだろうか？）から説き起こさねばならない。それを現在の、言語の構築を進めている段階で行うのは容易ではあるまい。

それはガロウだけでなく、椎名とて同じだ。性の違いと社会の発達によるそれらの認知の変遷を、いまの語彙力でイビスに理解させられるかといえば、椎名も自信がない。そもそも自分の知識が正しいかもわからない。短期留学の経験を除けば、セラエノ星系で生まれ育った椎名には地球圏の歴史についても十分とは思えない。この問題はむしろ、二つの文明に相互交流の基盤ができてから進めるべきではないか？　椎名はそう思うのだ。

しかしながらツゥやテョは、彼の人らの個性なのか、若さゆえの思慮のなさなのか、話は止まらない。むろん椎名も彼らの発言を止めはしない。発言は彼女のエージェントが片言隻語漏らさずに記録している。

「我々も、生涯にわたって父というのは避けたい。むろんトカ・テカンのように無エプロンなどというのは問題外だが、幸いにも我らは父にはなっている」

そう言ったのはテョだった。ツゥもその意見に同意なのか、特に何も言わない。

「無エプロンとは、家族を持たないという意味か？」

椎名は確認する。何となくそうだと思うのだが、そうした曖昧な部分こそ無くしたいのだ。それに対するテョの返答は、椎名には辛辣に聞こえた。

「家族を持たないという選択肢はない。その意思決定は、少なくとも一度は家族に迎え入れられた者にだけできる選択であり、だから家族を持たないという選択肢はないのだ。あるのは家族を持てないという状況だけで、無エプロンとは家族を持てない、正確には家族の構成員として受け入れられない者をいう」

テョの話とツゥの話を併せて考えるなら、家族とは婚姻関係にあるイビスのチームを意味する。このあたりが曖昧なのは、ＡＩの言語理解に冗長性が持たされているためか。

ともかく、その家族には誰でも迎え入れられるわけではなく、何かの基準で、何者かの意思決定により、そもそも配偶者を得られない者がいる。トカ・テカンというのが結婚できないイビスの代表例なのだろう。ツゥやテョの知人なのか、イビスの有名人なのか、何かの伝承の主人公なのかはわからない。

そうして家族を持つことができた者も、能力なのか社会的評価なのか、ともかく何かの基準で母となる者、その仕事を補佐するもの、家事全般を担当するものと、役割分担があるようだ。一般的にはツゥやテョ、ニカのような若い者が家事担当のようだが、そうしたイビス社会においてガロウは最初から母親役だった。これは彼らの社会では、かなり高位の者にしかできないようだ。

とはいえ、その基準は世襲とも思えない。それはガロウの「クオンがエッであり続けられるかどうかは、クオンの才覚次第」という発言が示しているだろう。クオンがたとえガロウの子供でも、それだけで将来が約束されてはいないわけだ。

「エッ・クオンはエッのままではないかと思われるが、それとて保証されてはいないのだ」

テョがそこまで言った時、話を遮るかのようにガロウが現れた。椎名にはガロウの声は聞こえなかったが、嘴は動いており、テョの硬直したような姿勢から察すると、何らかの叱責を受けているように思われた。そこはＡＩも翻訳しないようだ。

「委員会が椎名の意見を必要としている。会議への参加を請う」

気のせいか、ガロウが妙に神妙な口調で椎名に頼んできたように聞こえた。

「拒否することは可能か？」

椎名がそう尋ねると、ガロウからの返答には間があった。嘴が動いていたので、外の仲間と何かを相談していたのかもしれない。

「椎名には拒否する選択肢がある。しかし、ガロウは参加を懇願する」

ガロウの口調はＡＩを介するためあまり変わった印象はなかったものの、懇願するという表現には椎名も驚かずにはいられなかった。ＡＩ相互のデータ交換で単語としての懇願というデータを認知していたとしても、その意味まで理解しているとは思ってもみなかった。あるいは懇願の意味が違う可能性もあるが、ともかく滅多に使わない単語が出てくるというのは、相応の状況なのだろう。

「椎名は委員会の会議に参加する」

「ガロウは、椎名の判断に感謝する」

そうしてガロウは椎名だけに、自分に付いてくるように促す。ツウとテヨはそんなガロウに対して何か言ったらしい。そういう仕草が見て取れ、それに対してガロウの一喝で二人は沈黙したように椎名には見えた。

ＡＩの翻訳なしではイビスの言語は理解できない椎名だが、おそらくガロウのいう委員会というのは、イビス社会でかなり高度の意思決定機関か何かであり、そこに人類である椎名が懇願して招かれることに彼の二人は異を唱えたのではないか。

この推論が正しいなら、自分は望むと望まざるとにかかわらず、厄介な状況に巻き込まれつつあるのかもしれない。しかし、それでも自分は何が起こるのかを確認しなければならないと椎名は思う。ここにいる人類は自分だけなのだ。

椎名たちがいるのは、宇宙船バシキールの広大な格納庫の中だった。おそらくは微生物の汚染を警戒しているのだろう。そのため椎名はガロウの後に従いながら、どこに連れられるのかには興味があった。そして彼女が案内されたのは、格納庫の中に新たに造られたらしい一〇メートル四方はありそうな大きな立方体の建物だった。こんなものがあるとはいままで気がつかなかった。

建物の中に入ると、外見よりもはるかに広い空間が目の前にあった。どうやら高性能の立体映像装置であるらしい。微生物汚染を回避しながら委員会に参加させるとなれば、仮想現実によるしかないのだろう。ガロウと椎名が入ると、建物の扉が閉じ、そして直径二〇メートルほどの円形の部屋の中にいた。

ただそれは、現実の委員会の議場に椎名たちが仮想現実で参加しているのではなく、こうしたイビスの委員会そのものが仮想現実内で行われているようだ。なぜそうとわかるかと言えば、室内に光源はなく、委員自身が燐光を放っているのと、五〇人ほどいるらしい委員の縮尺がおかしいからだ。位置的に遠くにいるはずの委員も近くの委員も同じ大きさに見える。

それはイビスの平等主義的なポリシーなのか、それとも単純に視覚の問題なのか、そこはわからない。

もっとも人類の宇宙船も、通常の運用では幹部の話し合いは仮想空間上で行われるから、イビスの委員会がこのような形でも椎名には意外という思いはなかった。

委員は全員が赤いローブのようなものをまとっていた。赤いエプロンのことといい、イビスにとって赤とは何らかの権威を意味するのかもしれない。ただこのローブもまた仮想現実上のものらしい。なぜならガロウもローブをまとっていたからだ。さすがに椎名にはなかったが。

「椎名ラパーナ殿、貴殿の来場を委員会を代表して歓迎する」

円形の議場の中心に突然現れたイビスがそう語った。委員会を代表してと言うからには、彼の人が議長のような立場なのだろう。ただ椎名には他の委員と着衣で区別はつかなかった。

ただここまでの生活の中で、イビスの容姿が多少ではあるが区別できるようになってきた椎名は、議長がガロウに似ていると思った。ツウやテヨはガロウが非常に秀でた存在であるように言っていたが、議長もガロウの親戚か何かなら、彼の人らは貴族のような一族なのかもしれない。

「あなたを議長とお呼びして構わないか?」

椎名の質問に、彼の人はこう返答した。

「委員会に議長という存在はない。委員は対等であり、共通の規範に従う限り、椎名たちが言うような議長は必要ないからだ。だから我を呼ぶときは、エッ・セベクと呼ぶがいい」

彼の人はやはりエッを名乗り、ガロウと何らかの関係があるようだ。とはいえ、そんなことをこの場で延々と質問すべきでないことくらい椎名にもわかる。

そして議場の中心部からエッ・セベクの姿が消え、惑星バスラの映像が現れる。まず惑星には三つの人工衛星が回っていた。二つは六角形で描かれ、極軌道に置かれていたが、惑星を周回する軌道面は九〇度ほどずれていた。

説明のための立体映像なので、これだけで人工衛星の周期や高度はわからないが、おそらく惑星表面の同じ場所を異なる時間で観測するためと思われた。時間が違えば恒星からの光の入射角が違うので、二つの映像を比較することで、地上の様子をより詳細に分析できる。こうしたことは人類も行なっていた。これら二つの衛星のデザインは椎名の知っている範囲で人類のものではなく、イビス独自のものだろう。

問題は三つ目の衛星だった。それも惑星表面をもれなく探査するために極軌道に投入されていた。だがそのデザインは明らかに人類の手によるものだった。人類の人工衛星は共通したプラットホームに、センサーや通信ユニットを任意に組み合わせることで、目的とする人工衛星を短期間で調達できるようになっていた。いま映像で表現されているのは、まさにその標準プラットホームの衛星そのものだ。

椎名が惑星バスラの調査にギラン・ビーで飛び立った時、探査衛星の投入は計画に入っていた。自分がイビスの都市で生きていることをセラエノ星系政府が知っているかどうかはわからないが、探査活動は続けていたようだ。

しかし、驚くのはそれだけではなかった。立体映像の縮尺が変わると、惑星が指先ほどの大きさになり、一つの軌道が描かれる。縮尺関係が正確だとすれば軌道半径は惑星の直径の一〇〇倍ほど、つまり惑星から一二〇万キロ離れていることになる。そしてその軌道上に宇宙ステーションが現れる。

それがイビスの構造物ではないのは、デザインが椎名には馴染みのものであることでわかった。汎用的な宇宙居住モジュールで、小規模な宇宙ステーションを短時間で組み立てるときに用いられるものだ。椎名もそうした作業は飽きるほどしてきたので、間違いようはない。

これだけのモジュールを輸送し、短期間での組み立てができるのは工作艦明石しかない。明石は椎名がイビスの宇宙船に回収されたときにセラエノ星系に戻ったが、再びこの宇宙ステーションを作るために訪れた。しかし、貴重な宇宙船だけに作業が終わるとすぐに帰還したのだろう。

明石が衛星を投入し、ついでステーションを建設したのか？　それともステーションの建設後に、そこから探査衛星が投入されたのか？　そもそもこれらの映像はいつのものなのか？　その辺の時系列を示すつもりはイビスにはないらしい。議場の委員たちには自明のことだからだろう。

そして宇宙ステーションはさらに変化する。いつの間にかモジュールを追加して拡張されただけでなく、ギラン・ビーも配備されていた。そして下部には、ステーション本体に匹敵するほどの大きさの三角形の物体がドッキングしていた。それはよく見ると三角錐の形状をしていた。

椎名は既視感があったが、もちろんこんな宇宙船はセラエノ星系にはない。だがすぐに思い出した。ワープ機関の教科書に何度も登場していたからだ。それは人類が最初に成功したワープ宇宙船の形状そのものだったからだ。ワープ機関の基本構造がテトラポッドのようにシリンダーが互いに等距離に並んでおり、それに外皮を張れば三角錐になる。

最初のワープ機関は一〇〇メートルほどしかワープできなかったが、今日（こんにち）では恒星間を跳躍するほどに進歩した。しかし、この二世紀の間の技術革新でもワープ機関の構造は、初期の一〇〇メートルしかワープできなかった装置と本質的に変わっていない。

椎名の見立てが正しいなら、おそらくクレスタ級の老朽宇宙船を解体し、その機関部を再構築したのだろう。セラエノ星系の技術力ではゼロからワープ機関を製造することは無理だからだ。それにあれくらいの宇宙機なら、クレスタ級を一隻解体すれば、二機が製造可能だろう。

そうであるとすると、あの三角錐はアイレム星系からセラエノ星系に戻ることしかできない。そんなものが宇宙ステーションに付属したというのは、あの中には惑星バスラを調査するための人間がいる。彼らは危険に遭遇したら、すぐにあの宇宙機で帰還するのだ。

そのすべてが椎名ラパーナを救出するためというのはいささか自意識過剰かもしれないが、これだけの機材を投入した理由に自分の存在は含まれているだろう。

「つい最近になってあの施設が現れた。そしてその目的は、電磁波のやりとりが行われていることから判断し、探査衛星からのデータを受け入れ、新たな調査対象を指示するものと思われる」

エッ・セベクが声だけでそう説明した。

「我々はあの施設に対して通信を試みたい」

「宇宙ステーションに電波信号を送るということですか？」

椎名の質問に、議場でざわめきが起きた。ただ音声の周波数が違うので、聞こえるざわめきはノイズのように感じられた。

「電磁波ではある。送信はイビスが自らの設備で行う。椎名にはメッセージを起草してもらいたい。また、相手に椎名が送ったとわかる電磁波の規格により、文字を表現してほしい」

セベクの要求はわかるようでいて、わからない。「電波か？」と尋ねて「電磁波ではある」という返答の意味は何か？

「セベクが言っているのは光信号か？　光の点滅による」

椎名の質問にセベクは答えた。

「然り」

それに対してガロウが補足した。ガロウだけは椎名の傍らに現実に存在している。

「ガロウたちが椎名たちのことをわかっていないのは理解してもらえよう。ガロウたちは椎名たちについて事実を積み重ねて理解したい」

現在の状況でこの表現が適切なのかはわからなかったが、椎名はその時、ガロウがまさに「言葉を選んで」いるという気がした。

「光の点滅によるメッセージなら、それが理解された場合、探査衛星の能力と、光信号が如何に電波の形に変えられるかの様式がわかる。ガロウたちはそれを期待している」

ガロウの発言の意味を椎名なりに解釈すれば、光の点滅を衛星が探知できたなら、衛星の性能がわかるだけでなく、メッセージがどのように電波に変調されるのか、それも解析できるということらしい。

光の点滅でデジタル信号の0と1を再現する通信フォーマットの解析ができるということは、イビスたちは探査衛星が活動してから、ずっとその電波通信を傍受し、蓄積してきたということだろう。そして証拠はないものの、この程度のことは椎名も理解するとガロウは考えているのだろう。

「了解した。メッセージは椎名が起草する。その信号は椎名たちの言うパケット通信の様式に従う。それは電波信号解析の助けとなろう」

単純にメッセージを送るだけならもっと効率のいい方法がある。しかし、椎名があえて通信フォーマットまで織り込むような手間をかけたのは、イビスたちにフォーマット解析という手間をかけさせたくなかったのと、彼女の発言と行動の信頼性を確保するためだ。状況として、彼女の存在がイビスと人類の意思の疎通に重要な役割を持つ。だからこそ、椎名個人の信頼性を高めねばならない。

椎名はガロウの了解を得て、ギラン・ビーのＡＩの支援を受けて光の点滅パターンを作り上げた。

「この通信を解読している人類の宇宙船に報告します。私は、イビスの都市宇宙船バシキールにいる椎名ラパーナです。私はギラン・ビーからイビスにより救助され、適切な治療を受けることができました。現在もイビスと互いに清潔な環境で生活しています。夜空とは無縁の環境ですが、この通信も、修理したギラン・ビーよりバシキールを中継して行なっています。受信したならば返信をお願いいたします」

文面は直接ガロウに示した。宇宙ステーションではなく宇宙船としたのは、追加のワープ宇宙船の存在をイビスが知っていることを示すためだ。もっともこの表現は遠すぎて伝わらない可能性もあるが、メッセージをイビスが送信する以上、監視の可能性を伝えられるのはここが限界だろう。

その考えが正しかったのか、メッセージについて委員会からは異論は出なかった。ガロウも光の明滅パターンが椎名の提示したメッセージと一致することを確認し、セベクに報告した。どうやら椎名の行動について委員会への責任はガロウが負っているらしい。

そして椎名は再び仮想空間から抜け出せた。そしてガロウが労(ねぎら)うように椎名に言う。イビスの言葉はわからないが、AIの口調からは、それが読み取れた。

「これから準備にかかる。それまでは普通に暮らしてもらって構わない」

「宇宙ステーションからの反応があったら呼ぶということか?」

椎名は状況をそう解釈した。確かにあのまま委員会にいても彼女にすることはないだろう。イビスとて人類という存在についての対応を決めかねている中で、椎名を議事進行に立ち会わせてはくれないだろう。仮に立ち会ったとしても、イビス社会を知らないからほとんど理解できまい。

ただガロウは高官らしく、委員会に戻ろうとしているようだった。そこで椎名は一つ質問をした。

「ガロウは青ストラップをつけたことがあるのか?」

ガロウは椎名の質問の意図を瞬時に理解したらしい。

「青ストラップをつけたことはない。それゆえに委員会に参加している。議事が再開された。椎名はギラン・ビーに戻っても構わない」

「では、戻る」

このまま委員会が開かれている建物の中にいても良かったが、委員会に残るガロウの邪魔だろうから、彼女はいつものようにギラン・ビーに戻った。

予想していた通りだがツウやテヨが言ったように、ガロウは家族の中で母親の経験しかなく、彼の人によれば、それが委員会のメンバーである理由らしい。

委員会のメンバーは全員が赤ローブを着用していた。そこは文化に依存する部分かもしれないが、委員会が母親経験者だけなら、あえて赤ローブを着用する意味はないのではないかと椎名は思った。それはローブがストラップも隠していたからで、ストラップの色を隠すことに意味があるなら、母親経験者だけでなく、父親経験者も委員会のメンバーになれるのではないか。

つまりイビス社会ではストラップの色は社会的なポジションを意味するだけでなく、何らかの緊張関係を伴うのではないか。だから委員会ではそれを表に出さない。ツウやテヨの態度から椎名はそんな想いを抱いた。

とはいえ、これとて椎名の推論によるところが多く、結論は出ない。そもそもイビスの中でもガロウはかなり特異な存在であるらしい。だから彼の人を標準としてイビス社会を考えるのは、方法論として無理がある気がしていた。

それよりも椎名はもっと現実的なアプローチを考えることにした。それは人類が設置した宇宙ステーションとの連絡手段の確保である。ここが地上の施設なら、ギラン・ビーを用いて通信を送ることはそれほど難しくない。

宇宙ステーションに直接通信が届かなくても、探査衛星が中継してくれるだろう。ただ現状はといえば、ここは地下施設だ。地下何メートルの施設かはわからないが、ギラン・ビーの通信電波が地上に届かないのは予想がつく。

自前の衛星を管理しているイビスなら宇宙ステーションへの通信は可能だろうが、それを使わせてくれるかどうかはわからない。一つ考えられるのは、改造したギラン・ビーは短距離ならワープが可能ということだ。もちろんいまのままワープしても、第一宇宙速度にも満たないからすぐに落下してしまうだろう。

だがワープアウトの高度を十分に高くとって低軌道まで落下すれば、位置エネルギーを運動エネルギーに転換できるから速度を稼ぐことができる。そこまで落下する間に機器を調整し、機関部を安定させれば、惑星軌道に止まることも宇宙ステーションに移動することもできる。

椎名としては、必ずしも宇宙ステーションに直行することが最善の選択かどうかはわからなかった。自分の行動によりイビスが何らかの行動を起こす可能性もあるからだ。それよりも最初は軌道にとどまり、状況判断を行うほうが選択の幅も広がるだろう。

そもそもワープのためにはイビスからミューオンの補給を受ける必要がある。それがすべての出発点となろう。ただミューオンをどう説明すべきか、それについてはいまも目処が立っていない。

念のために椎名は宇宙ステーションの軌道要素を分析した。惑星バスラから宇宙ステーションはどう見えるか？　そのほとんどが画像データであったが、イビスのＡＩはギラン・ビーとの接触の中で画像データのフォーマットを学んでいてくれた。

人類の勢力範囲が太陽系内だけだった時代はともかく、植民星系が幾つも開発されるようになると、衛星軌道などの表記もより汎用性を持たされるようになった。その表記方法に従って椎名は宇宙ステーションの軌道要素を割り出した。半径一二〇万キロほどの離心率の小さな楕円軌道を描いていた。

半日ほどさまざまな計算や計画を立てているうちに、椎名は再び先ほどの立方体の建物に導かれた。

委員会は椎名の出席とともに再開された。

「探査衛星は我々の点滅信号を認識し、宇宙施設に電波信号を送った。従って施設では点滅信号を認識しているはずだが、未だに返信も反応もない。この事実に関して椎名の意見を聞きたい」

セベクや他の委員が椎名の反応に注目しているのは何となく感じられた。椎名の名前で生存報告をしていることに対して、宇宙ステーションから何の反応もないことに、委員たちも意外の念を抱いているのだろう。

人類は仲間が窮地に陥っても助けない種族とも解釈できる。イビスにとっては人類が平気で仲間を見捨てるような種族かどうかは重大な問題だろう。同族に対して冷酷になれるなら、異種族に対しても好意的反応は期待できまい。

「椎名が考えるのは、施設を運用する者たちの権限の問題だ。施設の運用者たちは惑星バスラの観測についてのみ権限が与えられ、こちらからの呼びかけに対して返信する権限が与えられていない。

より正確に言うならば、イビスとの交渉には椎名たち全体の意思決定に責任を負うものが当たるはずである」

椎名の返答がイビスたちにどう受け取られたのかははっきりしないが、隣にいるガロウは心なしか安堵しているように見えた。

議場の委員たちは椎名の返答に対して何やら議論しているらしい。椎名が知っている範囲でイビスはあまり感情を表さないが、怒りや嫌悪に相当するような動きは認められない。あくまでも仮説の妥当性の議論に終始しているように見える。そこから判断すると、彼女の仮説は委員会でも受け入れられているようだ。むろんあくまでも仮説として受容したということだろうが。

「椎名は、あのような施設が建設されることを了解していたか？」

セベクが再び尋ねてきた。どうもこの疑問は別の委員から呈されたらしい。それを彼の人が代表として質問しているのだ。

「椎名がギラン・ビーで惑星バスラに到達した時点で、将来的な調査拠点の必要性は議論されていた。ただ具体的な施設の規模や構造までは決まっていなかった。あのような施設ではなく、宇宙船を長期間滞在させる案もあった」

「率直な回答に委員会を代表して謝意を述べさせてもらう」

セベクは椎名にそう述べた。いまのところ傍にいるガロウを除けば、委員会を代表して椎名と話しているのはセベクだけだ。

セベクもガロウもエツを名乗り（もしくは帰属して？）、容姿も似ている印象を受けていた。だが椎名と寝食を共にしているのはガロウであり、委員会で質問をしているのはセベクだけだ。

あるいはエッツは、イビス社会で外交官的な役割を担っている一族なのだろうか。職業と社会的な地位が連動しており、それがエッツのような家族単位とも関連しているなら、イビス社会はある種の貴族政治のような構造なのか？

ただツウやテヨは、そうした世襲的なグループとは異なるようでもある。さらにこの背景には生殖の問題があり、それはイビスの動物的側面とも繋がっているらしい。どうも容易には彼の人らの社会は理解できそうにない。

もっとも椎名とて、人類社会の同様の問題を説明できるかとなれば、不可能ではないとしても難事業だ。たとえば「人類の制服はどうしてこうなっているのか？」を説明しようとすれば、人類史はもとより、思想史や社会史にも触れないわけにはいかない。

委員会の議論は続いているようで、ガロウも頻繁に発言していたが、何と言っているか翻訳されないし、肉声となると可聴域を超えているので聞こえない。

ただ先ほどのように委員会から中座させられることはなく、椎名はそのまま議論の場を共有していた。

「委員会代表として椎名の意見を伺いたい。宇宙施設より返信はないが、我々は次に何を為すべきか？」

「それは次に出すべき文面をどうするか？　そのような意味と解釈してよろしいか？」

椎名は確認する。それは暗に「現時点ではメッセージ交換に傾注すべき」という彼女の意見の表明でもあった。「次に何を為すべきか」だけでは、いきなり宇宙船を派遣するような結論になることも起こり得るからだ。

ガロウに以前聞いた話では椎名がいまいるのは都市宇宙船バシキールであり、椎名の乗ったギラン・ビーを回収したあの巨大宇宙船とは別であるという（その宇宙船はパホームという名称であるとは後に聞いた）。イビスは少なくとも二隻の大型宇宙船を保有しているが、宇宙船が二隻だけとは考えにくい。雑作業を行うために、もっと小回りの利く宇宙船があると考えてもいいはずだ。

「そのように解釈してもらって構わない。現時点で直接的行動に訴える必要は少ないと委員会は判断している」

セベクはそう述べたが、直接行動とはおそらく宇宙船の派遣であろうと椎名は理解した。宇宙船を派遣するとなれば、宇宙ステーションにとっては著しい脅威と受け止められるのは人類である椎名にはわかる。

「椎名は、宇宙施設へのメッセージは以下の数値が良いと考える。一二一一三七八、一二〇六三七八、一二〇八八七八、〇・〇〇二、一三二二一三五五・五四である」

文章ではなく、数字列であることに委員会にはざわめきが起きたようだった。

「この数字の意味は何か？」

セベクは、椎名が予想した通りの質問をした。この数字だけで伝達できる情報量などたかが知れているわけだが、それでも理解できない情報を異種族が送ることには警戒してしまうのだろう。

「宇宙構造物の映像を表示していただきたい」

椎名の要求に従い、議場の中央に惑星と宇宙ステーションの映像が現れる。都合よくステーションの航跡も表示されていた。

「この数値は宇宙構造物の楕円軌道を我々の表記で記したものである」

椎名はそこでガロウに、自分が図形を描く権限を与えてほしいことを伝える。委員会の流れとしてはセベクに伝えるべきだろうが、図形のやり取りの意味が確実に通じるのはガロウだと判断したためだ。

ガロウは了解したと椎名に伝えると、セベクに何か言ったらしい。

「指の軌跡が図形になる。使い方は知っていると思う」

椎名はガロウに礼を述べると、空間に惑星を意味する円と楕円軌道を描き、さらに必要な矢印などをいくつも書き込む。

「これらの数値は頭三つは順番に遠点距離、近点距離、長半径を意味する。この図では、こと、こと、ここに相当する」

椎名は委員たちの前で軌道要素について図示する。

「四番目の数値、〇・〇〇二は、我々が離心率と呼んでいるもので、図の軌道がどれだけ円に近いかを意味する。値が小さければ小さいほど軌道は真円に近くなる」

ガロウを含め委員たちからは、質問は出なかった。表記こそ馴染みはないものの、宇宙構造物の楕円軌道の何たるかを理解するだけの知識は全員が持っているのだろう。

「一三二二一三五五・五四はあの宇宙構造物の軌道における周期を意味するものか？」

セベクは、おそらくは確認の意味で尋ねてきた。もちろん周期というのは正解だ。

「周期を意味する。なぜそうした結論になったのか？」

「椎名たちが使っている単位で軌道を表現しようとした時、残っている主な項目は周期くらいであり、そうした仮説で検証すると数値が一致したためだ」

セベクの返答は椎名の予測が正しいことを裏付けた。もっとも宇宙船を有する文明なのだから、それは驚くような話ではない。それでも二つの異なる文化で、衛星軌道の表現で相互理解が成立したことは、将来の交流を考えたときに明るい材料だ。

「なぜ椎名はこの数字列をメッセージにしようというのか？」

「この数値は宇宙施設の楕円軌道を表しているが、軌道の方向や角度は表示していない。

これらの数字を送ることで、施設を運用する者たちは自分たちの軌道がイビスに明らかになっていることを知る。

しかし、その軌道要素が完全ではないことも理解するだろう。運用する者の権限については推察するよりないが、宇宙構造物の軌道要素が明らかになっていることをイビス側から提示したならば、彼らがこちらからの不完全な軌道要素に対して、完全な軌道要素を送り返すことは可能なはずだ。そのデータを送り返すことは、彼らには不利ではなく、さらに意思の疎通を行う意図があることを明らかにできる」

それに対してセベクは椎名に問いかける。それが即時に近かったのは、セベク個人の疑問であったためだろう。

「椎名の意図は、施設運用者の自由裁量の確認なのか?」

イビス社会でも成功者らしいガロウとセベクだけで判断するのは早計かもしれないが、椎名はセベクの理解力の高さに、イビスという種族の恐ろしさを感じた。

「そう判断してもらって構わない。施設運用者なら、自身の施設の軌道要素を理解できないはずはない。したがってこの信号にも反応がなかったとすれば、施設運用者の権限は著しく制限されていることになる。その場合は、我々はより上位者で意思の疎通に関する権限を持った存在を要求することができる」

「返信があったとすれば、どうなのか？」

セベクは重ねて尋ねる。

「返信内容による。しかし、最初のメッセージには返信しなかったことから考えて、返信内容は限定的と思われる。同時に自身の権限の枠内で、可能な限り意思疎通を図ろうとする存在がいることはわかる。

そうだとすれば施設運用者の選択肢は二つ考えられる。一つは施設の軌道だけでなく、惑星の大きさなど既知の存在に対して情報交換を行い、次の段階の地ならしをすること。もう一つは、施設に連結された宇宙船により帰還し、課題に対して意思決定する権限を持つより上位の存在を招くことだ」

「宇宙船が消えた場合には、新たな宇宙船が現れるというのか？」

椎名はミスを犯したかと思った。人類の宇宙船の来訪は、彼の人らにはデリケートな問題らしい。

「交渉のための担当者が来訪すると解釈していただきたい」

果たしてそこまでの権限を持ったものが来るのか？　それは椎名も疑問だが、ここは博打(ばくち)を打つよりない。

「椎名の意見は理解した。セベクはそれを実施することが望ましいと認識した」

椎名は思い出す。ガロウが椎名を信頼したことで、自分の社会的地位をかけて彼女を擁護してくれたことがあった。いまもまたセベクは自分の責任で椎名の提案を支持すると言っている。

ガロウとセベクの関係はよくわからないが、イビス社会でも傑物であることは間違いないと椎名は思った。だからこそ彼の人らを裏切るような真似はできない。

信号はすぐに送られ、探査衛星は確実に数値を読み取り、宇宙ステーションに転送した。そして数時間後に探査衛星が電波信号を送ってきた。それは初めての人類からの返信であった。

信号はすぐに解読されたが、宇宙ステーションの軌道要素とはまったく違っていた。しかし、フォーマットは軌道要素のそれだ。そして椎名はすぐに軌道要素が意味するものを理解した。

「施設運用者は探査衛星の軌道要素を送ってきた。自身の権限のギリギリまで意思の疎通を図ろうとしたことは明らかだ」

さらに数字列の中には、宇宙ステーションの完全な軌道要素も続いていた。椎名がセベクにそう報告したとき、彼の人もまた椎名に言う。

「宇宙施設の宇宙船が消えた。椎名の仮説が正しければ、新たな宇宙船が現れる。我々はそれへの対応を考えねばならない」

セベクはそう宣言した。そして椎名はそのまま委員会の場に残された。

6　意思疎通

一二月一一日・アイレム星系

特設工作艦津軽は、連結していたアイレムステーションから一旦分離し、安全な距離を確保すると、宇宙船の姿勢を九〇度変更した。そうして再びステーションの艦首部に増設したドッキングポートに連結した。津軽とアイレムステーションは直線上に互いの重心が並ぶような状態になった。一つの宇宙船になったと言ってもよいだろう。狼群妖虎工作部長の采配は的確で、ドッキング作業はトラブルもなく短時間で終了した。

その間、西園寺艦長らはイビスに向けたメッセージの作成を行なっていた。それは現在のアイレムステーション、さらに遷移軌道と、最終的な目的地である惑星バスラの静止軌道の、三つの軌道要素であった。

探査衛星経由でメッセージの送信を行なった。レーザー測距儀を用いた光の点滅と、通信電波の系統による送信である。イビス側が人工衛星の存在を明らかにしたからには、地面で可視光を点滅させるような迂遠な方法はもう取らないと判断したのである。

電波通信を利用した理由としては椎名の存在もあった。自分たちのメッセージの意味を椎名なら理解できる。だから自分たちにも理解できる形で返信が来れば、こちらの意図が伝わったと同時に、椎名の生存も確認できるだろう。

その通信に対して、一時間もしないうちに返信があった。姿を現したイビスの人工衛星から、津軽が送信したのと同じ通信電波で返信があったのだ。文面は非常に短い。

「津軽とステーションの、静止軌道への投入を了解した」

つまりアイレムステーションの静止軌道への移動は了解されたわけだが、重要なのはそこではなかった。西園寺らは宇宙船の名前などメッセージに含めていない。イビスが津軽という宇宙船名を知るはずもない。この宇宙船を津軽と識別できるのは、イビス側には椎名しかいない。それはつまり椎名が生存していることに他ならない。

それを証明するようなメッセージがさらに送られてきた。

「津軽の中で最高位の意思決定者は誰か？」

普通は使わない表現だが、椎名のメッセージはイビスの通信インフラを用いねばならないために、こうした表現になるのだろう。しかし、どうして椎名はこんな質問をよこしてきたのか？　さらにこれにはどう返答すべきなのか？

「私とあなたの名前を送ればいいでしょう」

狼群妖虎は西園寺にそう提案した。提案というより、他の選択肢はないとでも言うように。

「最高位の意思決定者なら一人じゃないのか、つまり艦長である私ということだが」

しかし、妖虎はそれには納得しない。

「全体を考えてよ、艦長。最初の時は、あなたたちにメッセージを返信する権限がなかったから、Ｅ２で戻らねばならなかった。椎名はあなた方の最初の行動から、そういう事情は読み取れたでしょう。

権限がないから離れたものが再び戻ってきたとしたら、相応の権限を持った者が乗っていると推測するのが自然。

問題はここからで、アイレムステーションのリーダーもあなただったことを椎名は知っているかどうか？」

「知らないだろう。名乗ってはいないし、そもそも情報を可能な限り出さないのがアイレムステーションだった。僕がリーダーであることどころか、乗員の総数さえわかっていないんじゃないか」

「それは読みが甘いわ」

妖虎は首を振る。

「難しい船外作業を幾多もやり抜けてきた椎名ラパーナという人物の、観察力と洞察力を軽く見ちゃ駄目よ。

椎名はアイレムステーションの責任者があなただということは予測している。まずE2の形状とそれが脱出用の宇宙船と推測がつけば、クレスタ級宇宙船を解体して再構築したものというのは椎名ならわかる。老朽化の激しいのもあるからね。

だからワープ宇宙船の艦長経験者が必要で、しかも現役で恒星間航行ができる人間はセラエノ星系では数えるほどだから、消去法で考えるなら西園寺艦長しかいないわけよ」

「どうして僕しかいないんだ？」

「探査衛星があるなら、イビスはアイレム星系での宇宙船の活動は把握していると考えるべき。イビスの正体がわからない段階では、戦闘艦はセラエノ星系から出せない。そうなると非武装の恒星間宇宙船は明石と津軽しか残らない。

しかし、恒星間ワープ宇宙船を無駄にできず、工作艦を遊ばせる余裕がないなら、津軽の立ち位置はバックアップとするしかない。それはハードウエアだけでなく、乗員のバックアップを用意することでもある。そうなると手が空いてる艦長で、条件に合致するのはあなただけ。

問題はE2に乗っていたのがあなたで、津軽の艦長もあなただったという事実よ。同じ人物が一方で権限がなく、戻ってきたら権限があるというのは誤解を招く可能性がある。我々には自明のことがイビスにそのまま通用する保証はない。イビスには我々の事情などわかるはずないんだから。

かといってあなたの名前を伏せるような真似をすれば、この先のコンタクトの状況によっては、イビスは我々が嘘を吐いたと解釈するかもしれない。我々はいざとなれば逃げられるけど椎名はそうはいかない。我々が原因で彼女の立場を不利にするわけにはいかないのよ。

そうであれば私とあなたの名前を伝達するのが最善。じっさいコンタクトに関してはあなたがすべての意思決定をするわけではない」

イビスとのコンタクトに関して、津軽には多くの権限が与えられていたが、それでも一定の制約があった。「イビスの難民一〇万人を受け入れてくれ」みたいなことを要求されても、それは津軽で決定できることではない。

自分や妖虎も含むスタッフの合議でコンタクトは進む。もちろん合議で進めるからにはスタッフは平等の立場であり、規則に従う限り平等な権利が保証される。声の大きな奴が他のスタッフを威嚇しながら自分の主張を通して、「民主的な合議によるものだ」などということがあってはならないからだ。

その意味では妖虎は特設工作艦津軽の次席指揮官ではあるが、最高位の意思決定者とは違う気もした。だが妖虎もそれはわかっていた。

「たぶん椎名は、名前の上がった人間を知っているか尋ねられる。相手がどんな人間なのかを確認しようとするのは、相手が異星人でも不自然とは思えない。

だけど椎名がその人物について何も知らなかったら、やはり彼女にとっては不利に働く。最高位の意思決定者と近い関係であることを示すのが、椎名の重要性をイビスに印象付けることになる。それだけ彼女の立場は安全になる」

妖虎の意見に対して、特に異論は出なかった。椎名の安全という観点は、確かにいまここで忘れるわけにはいかなかった。

本当のところを言えば、「最高意思決定者が存在する」という前提の質問は、そのような存在がいない場合は正確な返答が一気に困難になる構造を持つ。意思決定プロセスのすべてを説明しなければならないからだ。しかし、乏しい語彙力の中でそれを行うのには限度がある。

だから自分たちの返答のどこに問題があるかを認識した上で、言い換えれば誤解を招くリスクを認識しつつメッセージ交換を続け、互いの誤解を解いてゆくしかないのだ。

「工作艦津軽の中で最高位の意思決定者に該当するのは、西園寺恭介と狼群妖虎の二名である」

メッセージはそのように決定し、イビスの人工衛星に返信がなされた。主にセルマの発案で短い文面の中に椎名への情報が組み込まれた。椎名が知っているのは輸送艦津軽だが、メッセージにあるのは工作艦。このことで彼女は津軽が改造を施されたことを知るだろう。

これは椎名が輸送艦津軽ではなく、単に津軽と尋ねてきたためだ。おそらく宇宙船の種類の違いというような複雑な問題は話していないのだろう。このわずかな違いにイビスがどう反応するかはわからないが、とりあえず椎名に伝わればそれでいい。工作艦に妖虎がいるなら、自分のスタッフも伴われていることは椎名なら読み取ってくれるはずだ。

それよりも若干の議論を招いたのは、「意思決定者」に対して「該当する」という一言を追加したことだ。それはイビスに対して含みを持たせる意図があった。ただ、含みを持たせたと判断するのは人間だからであって、イビスがそうした解釈をすることは期待できないとの意見もあった。

だが最終的に「該当する」はそのままメッセージに加えられた。イビスの解釈については、人類がいくら議論しても結論は出ない構造を持つ。コンタクトの任務を委ねられたからには、自分たちが誤解や解釈の不一致についてのリスクを負うよりないのだ。

だが一時間が経過しても二時間が経過しても返信は来なかったため、西園寺は返事を求める意味も込めて機関を作動させ、アイレムステーションの移動作業に入った。もっとも、加速し続けて静止軌道に押し込むのではなく、時間はかかるがエネルギー消費量が最も少ないホーマン軌道での遷移にかかったのだ。二時間おいたのは、最適な位置関係になるのを待っていたためだ。イビスの知性なら、自分たちが行おうとしていることは理解できるとの前提の話だ。

メッセージ送信から四時間が経過したのち、椎名から返信が届いた。驚いたことに、それは文章ではなく動画であった。椎名はギラン・ビーのコクピットに中腰で何かを操作していた。画像データの補足説明を信じる限り、それはイビスの宇宙船に衝突した明石のギラン・ビーに間違いなかった。彼女は無言でまずカメラを移動し、ギラン・ビーの内部を映す。椎名以外の人物はいないらしい。

「これはイビスの方が一歩も二歩も先んじているわね」

妖虎が呟く。

「先んじているとは？」

「イビスには生きている人間がいて、稼働する宇宙機がある。そこから読み取れる情報量は膨大なものになる。我々が手にしているのは、セラエノ星系で回収されたイビスの通信衛星が一つだけ」

まだ何か話そうとする妖虎をセルマが遮る。

「メッセージが始まります」

椎名は操縦席に就くと、正面のカメラに向かって話す。

「ご覧の通り、私は元気です。ギラン・ビーは機械としては修理を完全に終えています。イビスは人類との円滑な意思の疎通を可能とするために、私がいま乗っているギラン・ビーを、私とともに人類に返還するのが最も効率が良いとの結論に至りました。ただし、一つだけ障害があります。ギラン・ビーにはエネルギーがありません。

現状はイビスから供給されている電力でシステムが動いているのが実情です。工作艦津軽に要望があります。この画像フォーマットで、ミューオンとは何であるのかを説明する映像資料を送ってください。それが彼らの素粒子理論の概念において何に相当するのか？それさえ理解されたなら、ギラン・ビーは再び地下世界から飛び立てます。

以上、お願いいたします」

そうして映像は切れた。

「工作艦津軽と言っていたところを見ると、先のメッセージは確実に届いているな。そして彼女はやはり地下都市にいるらしい。ただし、イビスについての情報はほぼないな」

西園寺はそのことには驚かなかった。要するにイビスの情報を得たいのならば、椎名の帰還を成功させるために、人類の素粒子に対する知識を開示せよということだ。椎名を無事に迎えることができるなら、公正な交渉と言えるだろう。

「イビスの情報がないって？　だから、椎名を甘く見るなって言ってるでしょ」

妖虎は、椎名からの映像を示す。ギラン・ビーの居住区の壁は、電源が落とされても図形などが消えないパネルになっていた。数世紀続く慣習から、ホワイトボードと呼ばれている。

そこには、椎名がギラン・ビーの動作チェックを行う時に用いたメモ書きとともに、イビスについての記述があった。妙に癖のある文字で、身長や心臓が二つあるなど基本的な医学情報などが記述されている。図解はなかったが、一言だけ「衛星のイラスト通り」と記されていた。衛星のイラストとは、セラエノ星系で回収された通信衛星の中に描かれていたものだろう。

「ほんと、椎名らしいわ」

妖虎は心底感心しているようだった。

「椎名らしいとは？」

「西園寺さんはわからないと思うけど、イビスの情報量が少なく見えるでしょ。そうじゃないの。ここに記されている情報は、憶測ではなく、椎名の経験の中で事実であると確認できた情報だけ。曖昧なものや判断に迷うものは記していない。だから我々は、ここに書かれている情報だけは事実として信用できる」

「それと……」

セルマも話に入る。

「この方法自体がメッセージというか試験のような気がします。ホワイトボードに雑然と書き散らしたイビスの情報に、イビス自身がどう反応するか？　椎名さんは、イビスの認知機能を確認しているような気がします」

妖虎はセルマの意見に明らかに興味を示した。

「認知機能を確認しているとは？」

「文字が書かれている背景の色と、文字の形状です。ホワイトボードの背景色は今回は赤が強調されています。ところがイビスに関する記述は青系統で、背景も青系統です。我々には識別できますが、イビスの視覚ではこれらの背景と文字は識別できないと椎名さんは判断したのでは。

イビスがこのことに気がつけば、映像は中断されたでしょう。この文字は冒頭で流されたのですから。しかし、彼女は最後までメッセージを送った。つまりイビスの視覚ではこれらの背景と文字は識別できない。

だとするとイビスの視覚は、感度のピークが人類よりも波長の長い光にあるのかもしれません。まぁ、これは私の憶測ですけど、椎名さんがイビスの視覚に何某(なにがし)かの仮説を立てているのは間違いないと思います」

「椎名ならやるな、それくらい。でも、セルマさんだっけ？　あなた凄いわ」

妖虎に褒められたのがよほど驚きなのか、セルマは話題を変えた。

「それより、ミューオンの教材なんてありますか？」

それは西園寺も考えていた。宇宙船のライブラリーには様々なコンテンツがあり、遡れば二〇世紀あたりの映像コンテンツから可能な限り最新のものまで収録されていた。ただそれらのほとんどが娯楽関連であり、科学技術関係のコンテンツはごく一部だった。

それでも情報量としては膨大なものがある。ただ椎名の要求に応えるとなると問題があった。娯楽コンテンツには子供向きも用意されているのだが、科学技術資料に関しては、宇宙船の乗員が基礎的な教育は受けているという前提であるため、義務教育レベル以下のコンテンツは用意されていなかった。

じっさい西園寺はコンテンツをAIに検索させたが、求めているようなものは津軽のデータベースには収録されていなかった。

「こうなれば自分たちで作るよりないわね」

妖虎は言う。

「子供でもわかるような素粒子理論の教材を作るというのか？」

西園寺には、それは無謀な試みに思われた。子供用教材を作るというのは決して簡単な作業ではない。児童心理学などを理解したスタッフを動員しなければ無理だ。何も知らない子供相手だからこそ、専門技能を修めた大人が作らねばならないのだ。

自分を含め多くのスタッフがミューオンの説明は可能だが、それと子供にもわかる教材を作るというのとは別次元の作業なのだ。しかも相手が文化的な基盤がまったくわかっていないイビスでは、教材を作ることなど不可能だ。

しかし、妖虎はまったく違った視点でこの問題を解釈していた。

「なんでそんなものを用意するのよ？　椎名はたぶんイビスがミューオンを製造する装置をすでに有していて、そこからミューオンを提供してもらうことを考えているのだと思う。また素粒子の理解から、イビスと人類の意思の疎通を広げたいとの想いもあるでしょう。でも、目的がギラン・ビーの再起動であるなら、そのためのミューオン製造機の図面を送ればいいのよ。基本的に粒子加速器だから、イビスだって構造図を見れば、それが何をする装置なのかは理解できるでしょうし、わからなかったら椎名がいる。これがミューオンを実際に製造する装置を作らせて、これがミューオンだ！　とイビスに示せば、あちらは自分たちの言葉でそれを解釈するでしょう」

「つまりミューオン製造装置の図面を作ると？」

西園寺がそう言うと、ブリッジの正面モニターに一つの図面が浮かぶ。

「これが核融合炉の点火装置で、この中にミューオン製造装置がある。だからその部分だけを取り出して、作りやすいように再構築して部品図と組み立て手段を映像にして送れば、イビスにその気さえあれば、ギラン・ビーは飛び立てる」

妖虎に指摘されて、西園寺はどうしてこんな単純なことを思いつかなかったのか、不思議な気がするほどだった。

「図面の作成にどれくらいかかる？」

「この図をそのまま送っても、ブラックボックスが多いからイビスに製造はできないでしょう。制御機構のブラックボックスをもっとわかりやすい構造に組み直す必要がある。集積回路の具体的な構造は示さずに、仕様だけ送る。そこは椎名なら伝わるはず。イビスがその図面で何がわからないのかを椎名が教えてくれたら、それにこちらが対応すればいい。

まぁ、そこは面倒だけど、ＡＩの支援もあるし、三時間、いや四時間あればできると思う」

「なら頼む」

西園寺はその件は妖虎に任せ、自分はイビスというより椎名あてのメッセージを起草する。ミューオンの説明ではなく、製造機の図面を送るので、それをイビスに製造させれば、ギラン・ビーは核融合炉を点火できるだろう。図面を送るまで四時間程度かかる。概ねそんな内容だ。

そのメッセージに対する返信はなかった。そのこと自体は不思議とは思わなかった。図面が届くまで、返信することはないだろう。

ミューオン製造機の図面動画は三時間後に完成した。一つのモジュールが完成するごとに、西園寺を含む他のスタッフが確認しているので、不備は完成した時点で見当たらなかった。見逃しがある可能性も残ってはいるが、いまは時間が優先された。

図面データと組み立て動画の両方で、通常のフォーマットで再生すれば一時間ほどで終わる。だからイビス側からの返信は早くても一時間後になるだろう。

そして椎名からの返信は三時間後であった。それは予想されていたように、図面の中にあった粒子加速器の、制御機構についての技術的なものである。特筆すべきはそれは椎名が妖虎を指名して確認したものであり、イビスと人類の意思疎通はこのメッセージに関しては横に置かれていた形である。

「語彙力の制約から、イビスとは集積回路の構造についての相互理解が成り立たない。しかしながらシリコンをベースとした原始的な半導体については、構造が単純であるためイビスにも原理が理解されたらしい。したがってシリコンベースの集積回路による制御機構の図面を作成し、その技術仕様を返信されたし。その集積回路の作動シミュレーションにより、イビスが同じ動作をする制御装置を製造することで了解が成り立っている」

椎名のメッセージの内容から、イビスが本気でミューオン製造機を作り出すつもりなのがわかった。西園寺も妖虎もそのことに疑問は感じなかったが、セルマだけは違った。

「イビスはどうしてミューオン製造機を組み立てたりするんでしょう?」

西園寺はセルマの疑問の意味がわからなかった。なぜも何も、ミューオン製造機を作れと提案したのは自分たちで、イビスはその提案を受け入れただけではないか。

「どうしてって?」

「椎名さんのメッセージから判断すると、イビスは制御装置の構造や原理を要求してますけど、加速器その他のコンポーネントへの質問はありません。つまり制御の細かい仕様こそわからないものの、装置全体の構造や原理はわかっていると思われます。

　実際問題、人類の技術でもミューオンの製造は比較的基礎的な部類に入ります。電磁気の基礎技術はイビスも人類と共通でしょうから、あの図面からミューオンが製造されるのは彼らも理解できるはず。

　だからイビスはわざわざあの図面のミューオン製造機を製造しなくても、ギラン・ビーの核融合炉を稼働させられるだけのミューオンは、自分たちの機械で提供できると思うんです」

　セルマの意見に異をとなえたのは妖虎だった。

「その疑問はもっともだけど、こちらの提供した図面でミューオン製造機を作らない理由にはならない。イビス側にミューオンを製造する手頃な機械がないならば、どういう形にせよ新規に製造しなければならない。

　一方で、イビスが人類の情報をより多く得ようと考えているのなら、図面に従ってミューオン製造機を組み立ててゆくというのは十分意味があるでしょう。少なくとも椎名にとってはあの機械を製造してくれたなら、技術面に関して意思の疎通を図ることがかなり容易になるはず」

　西園寺は、妖虎がどのような状況でも椎名の安全という視点を忘れていないことに感銘を受けた。自分はそこまで部下の人生や価値観に神経を向けなかったと思うからだ。

「推測だけど、椎名がシリコンベースの集積回路の制御装置の図面を送れというのは、イビスとの間に科学技術関連の意思疎通の基盤を作る意図もあるんだと思う。椎名の視点ではシリコンベースの初期の集積回路レベルなら、互いに原理を理解できると判断したのかもね。現代の電子デバイスは量子力学的な理論抜きでは原理を説明できないけど、昔のはそこまで深刻じゃないわけだから」

原理の理解だけなら真空管の方がわかりやすいんじゃないかと思った西園寺だが、それは口にしなかった。

制御装置をシリコンベースの集積回路に置き換える作業は、ＡＩの主導で進んだ。それでもこれを現実に製造するとなれば多種多様の工場が幾つも必要になるが、図面だけならそれほど苦労はない。

椎名にしても本当にシリコンベースの集積回路をイビスに製造させようとはしていないだろう。単純な原理の集積回路の図面を提示することで、そこに記された制御装置がどのように作動するかを理解させるところに目的がある。動作原理さえ理解できれば、同じ機能の装置を彼らの技術で完成させようとしているわけだ。

「艦長、メッセージを起草したい。椎名宛に」

妖虎は何かを思いついたらしい。

「文面は？」

「イビス側の図面ができたら、可能ならそれを我々に送れというような内容。こちらが設計したものを彼ら自身が再解釈して作り上げるなら、科学知識に関する概念の違いをそこから解析する糸口になるはず。

それをイビスが了解してくれたなら、彼らが人類との意思疎通を本気で考えている証と解釈できるでしょう」

妖虎の要求は認められ、メッセージは送られたが、返信はなかなか届かなかった。もっともイビスにとってもこれは重要な決定であろうし、確かに即時の返答は困難だろう。

しかし、椎名からの返答は予想外のものだった。それは映像ではなく、簡潔に文章でのみ送られてきた。

「イビスの委員会は図面を送ることは可能だが、ミューオン製造機をギラン・ビーとともに送るのと、どちらを望むか確認を要請された。後者の場合、ギラン・ビーに搭載可能な大きさに設計する必要があるとのことだ。

図面だけでは伝えきれない概念があることをイビスは懸念しているため、先行して図面だけ送ることを躊躇している。これは、イビスが先のミューオン製造機の組み立て過程の動画に対して、理解に困難を感じる部分があったという事実から来ている。

それでもバシキールには私がいるが、そちらには一人のイビスもいない。人類だけでの解釈には現物が望ましい。それがイビスの考えだ」

この問いかけに対して、西園寺らはすぐに「現物を受け取ることを望む」と返信した。

「一ついいですか？」

そのメッセージを送ったのちにセルマが発言する。すでに彼女の発言を訝しがる者はブリッジにはいない。

「イビスは人類に対して、代表というか大使に相当するような人材を送って来ないんでしょうか？　これはイビスが、椎名さんを大使なり人類の何らかの代表と見做しているのかということでもあるんですけど」

確かにその通りだった。イビスのミューオン製造機が手に入ることで得られる情報が少なくないのはその通りだろう。しかし、イビスには専門家を派遣するという選択肢もあるはずだ。未知の病原体の問題も、すでに椎名との生活の中で対応策は見つけているだろう。

それでもイビス側からそうした話が出て来ないのは、なぜなのか？　これはそもそもイビスに大使とか代表という概念があるのかということでもあり、これは視点を変えるなら椎名をどのような存在と目しているのかという話でもある。全人類の全権代表が、直接ギラン・ビーでやってくるとはイビスとて考えてはいないだろう。

ただ人類の歴史の中にも「指揮官先頭」のように、責任者が最も危険な現場に身を置くという考え方も少なからずあった。イビス文化にもそのような考え方があったとすれば、異星人がいるかもしれない惑星に、ギラン・ビーのような宇宙船で単身探査に向かうというのは、帰属社会の中で高い地位にいる者として扱われてもおかしくない。

「その質問をいまここで行うのは難しいんじゃないかな。互いの社会構造もわかっていない中で、社会的地位という概念を共有できるとは思えない。椎名がこれに関して直接的に何も触れないのが、一つの傍証だと思う」

妖虎はそうセルマに述べると、別の提案をした。

「イビスは惑星バスラに植民を試みて失敗したように見えるのに、どうして撤退せずに地下に生活しているのか？　それを確認したい」

「それもまた容易に説明できない話じゃないか。それこそ椎名がすでに質問しているはずだし、成功しているなら、我々に何らかの方法で伝えようとしたはずだ」

西園寺はそう指摘したが、妖虎の考えは別にあった。

「先ほどの、椎名の存在をイビスはどう認識しているかって話よ。環境が悪いにもかかわらず、それでもなおイビスが惑星バスラにいる理由を人類が知りたがっていることは、おそらくイビスたちも椎名とのコミュニケーションの過程で認識しているのでしょう。それに返答しない理由はわからない。単純にコミュニケーションの問題かもしれないし、別の理由があるのかもしれない。ともかく椎名にはそれは語られていない。

だけど、曲がりなりにもコミュニケーションの権限を与えられている我々が同じ質問をしたとしたら、彼らの反応はどうなるか？　イビスもまた権威的なもので反応を変えるのであれば、何某かの情報を提示するはず。それが情報開示の拒絶であったとしても。

そうでなく我々のこの質問に何も反応しないとしたら、それこそ情報開示を拒否するという意思表示さえなかったとすれば、人類とイビスにはコミュニケーションを図る上での大きな障害が残されていることになる」

「しかしイビスは、椎名さんから少なくない人類の情報を得ているはずです。相互理解を隔てるそこまでの大きな障害などあるでしょうか？」

セルマの疑問に妖虎は答える。

「一つある。イビス社会にいるのは椎名一人。たった一人の人間を研究しても、人間社会つまりは集団の意思決定がどうなるのかはわからない。

イビスがどんな生物としても、個体で宇宙文明は築けない以上、彼らもまた秩序のある集団を作り、広義の社会や組織を維持しているはず。だからこそ椎名がどれほどイビス社会で好意的な印象を与えていたとしても、すべての人類が椎名と同じではなく、仮に同じだったとしても、個人と集団では行動も意思決定も違う。

もしもイビスがそのことを懸念しているならば、個人としてのイビスと集団としてのイビスは分けて考えねばならない」

「その点で我々と類似の文明かもしれないのですね」

セルマは妖虎の話に納得すると、二人で文面を起草し、スタッフの了解ののちに送信した。

「イビスに問う。なぜイビスは、惑星バスラにて、地下での生活を続けているのか？」

植民に失敗したように見えるという部分は、あくまでも自分たちの一方的な解釈であるとして、それは含めないことにした。それへの返答はすぐになされた。驚くべきことに、返答は椎名ではなく、イビスの名においてなされていた。

「イビスは返答する。惑星バスラの環境は我々の生活圏の拡大を悉く拒んできた。故に我々はその理由を解明すべく、地下に生活圏を維持している」

それは誰も想定していないような理由だった。メッセージを素直に解釈すれば、惑星バスラはイビスにとって植民に適さないので、その理由を調べるために地下で生活している、そういうことになる。

それは納得できないような納得できるような話に西園寺には思えた。植民に不適な惑星だから、不適である理由を調査するというのは、それ自体は不合理とは言えない。しかし、植民できない理由を明らかにできたとしてどうするのか？　改めてテラフォーミングでも開始するのか？　西園寺にはそれはいささか無駄なように思われた。

ただ内容はどうであれ、この問題に対して自分たちに返信があったということは、イビスは意思決定に関して、椎名よりも津軽の方を上位と解釈しているのは確認された。

イビスとの交信に関しては、再び椎名を介在させることになった。先の通信は椎名を介さなかったが、それは西園寺らが「イビスに問う」と送信したためだった。椎名がこのやりとりを知らないのは不適当だと双方が判断した。これは自分たちが椎名を重視していることをイビスに示すとともに、彼らについて椎名以上に詳しい人物はいないという状況では、彼女を介在させたほうが無用な誤解を招かずに済むからだった。

しかし、ここに来て椎名からの返答は著しく遅れ始めた。

「イビスはギラン・ビーの出発準備に傾注し、そちらからの通信に対して返答を議論する余裕がなくなってきた。返答が遅れるのは承知されたし。本格的な交流は、津軽がギラン・ビーを回収してから再開されるとイビスは認識している」

どうやらイビスはミューオン製造機の製作に傾注している関係で、人類との交渉に割ける専門家が足りないということらしい。確かに少なくとも人類の側から見れば、事態は急激に動いている感がある。イビスもまた同様なのかもしれない。

ただイビスも人類とのコンタクトに十分な態勢がないということは、彼らが接触する異星人は人類が初めてなのかもしれない。

そうして椎名とのやりとりが中断した形の中、一二月一三日にはアイレムステーションが惑星バスラの静止軌道に乗った。この時には椎名との間で、静止軌道に入ったことが確認された。そうして一二月一五日、椎名からメッセージが届く。

「ギラン・ビーの軌道投入は、現在の進捗状況なら津軽の時計で一二月一八日の予定」

一二月一一日・バシキール

「特設工作艦津軽は、セラエノ星系政府より与えられた権限において提案する。人類とイビスの種族や文化の違いを鑑み、言語によるミューオンの概念を共有するより、以下の図面のミューオン製造機を製作し、それによりミューオンの何たるかをイビスが認識することこそ、相互理解を前進させると考える」

津軽からの返答は堅苦しい文面で送られてきた。このメッセージはイビスにも伝わるとの前提でこうした表現なのだろうが、西園寺をはじめとする乗員たちは、人類とイビスの意思の疎通がどこまで可能なのか、そこがまだ十分にわかっていなかった。それは状況を考えるなら当然のことなのではあるが、事実は事実だ。

椎名にとって幸運だったのは、イビスが「問題の先送り」という方法を理解してくれたことだった。単語によっては、互いの文明の歴史まで遡らねばならない概念もある。「政府」などはその最たるものだ。

だから、椎名とガロウは互いの文明の政治体制については意味のすり合わせをしていない。それは彼の人らが雌雄同体ながら、母親になることと社会的に何某かの権威者であることが同時に要求されるらしいことがわかったからで、先送りの正しさを椎名は実感していた。

おそらく西園寺艦長と狼群工作部長は「嘘を吐かないこと」を、イビスとの交渉にあたり重要な柱としたのだろう。そのこと自体は椎名も正しいと思うし、支持することはやぶさかではない。だが正直であろうとするわりには、やはり言葉の選択が雑だと椎名は思った。

椎名自身は狼群妖虎という人物を上司というだけでなく、その人間性も信頼し、尊敬もしている。ただ彼女は時々、古い地球の言葉や表現に妙なこだわりを示すことがある。

特設工作艦などという表現も、おそらく妖虎の発案だろう。実はガロウとの間ではすでに工作艦とはどんな宇宙船で、輸送艦とは何であるかについては、単語の意味に了解が成立していた。輸送艦や工作艦に相当する宇宙船はイビスもまた保有していたためだ。

だから工作艦津軽と言ってくれれば、椎名もガロウへの説明には苦労しない。ところが頭に特設の二文字をつけてくれたおかげで、椎名はガロウに対して「宇宙船は用途と大きさにより、最高権力から基準と分類が定められている。だが必要に応じて宇宙船の用途を変更する場合があり、特設という呼称を付与するのである」という趣旨のことをＡＩの助けを借りながら、三時間近く説明する結果となった。

もっともその三時間が無駄だったかといえばそうではない。こんな説明に三時間もかかったのは、そもそもイビスには同型艦という概念がないためだった。「似たような宇宙船」は存在するが「同じ型の宇宙船」は偶然の一致以外では存在しないという。

どうしてそうなのか？という部分に関しては、議論を先送りすることでガロウと意見は一致した。彼の人らとて、たとえば食料品などには量産の概念はあるようなのだが、宇宙船のような存在で型を統一して量産するということが理解できないらしい。

椎名が推測するに、おそらく一番最初は「ミューオン製造機の図面を送るから、ミューオンを量産してギラン・ビーの核融合炉に点火しろ」というような文面だったのだろう。こんな方法を思いつくのは妖虎部長しかいない。

その簡潔なメッセージに対して、西園寺が「イビスに失礼にならないように」と公開できる情報を付加したことで、話が面倒になったというところか。

ガロウとの間で相互理解ができない単語は他にもあったが、それよりもイビスたちは図面の解釈を優先させてくれた。

画像フォーマットは互いに了解されているので、映像の再現自体は問題なかった。おそらく妖虎部長が作成したのだろうが、主要なコンポーネントがどのような原理で動いているかがわかるようになっており、さらに正確に組み上がったコンポーネントはどのように動作するのかも組み込まれていた。

「電線をコイル状に巻いて電気を流せば磁場が生じる」という事実の認識は、その現象の言語による論理的説明が人類とイビスとでどれほど違っていたとしても同じなのだ。人類の前では磁場を作り上げたものが、イビスの前では発光したりはしないのだ。

妖虎の巧みなところは、相互理解ができていそうにない素粒子理論についてはあえて言及していないことだった。その代わり、完成したミューオン製造機をどのようにすれば、ギラン・ビーの核融合炉が起動するかまでを映像に織り込んでいた。

イビスにどこまで通じるかはそれでも不確定な部分はあったが、少なくとも椎名には、この映像と図面からミューオン製造機を製作するのはイビスの技術なら十分可能かと思われた。

　じっさいにガロウが椎名に対して質問してきた事項は、それほど多くはなかった。ただ作業が長期化すると判断されたのか、ニカやツゥたちが簡易ベッドやテーブルなどを運び込んでくれた。作業が終了するまで、椎名も委員会と二人三脚で作業を進めることになるのだろう。その証拠に、椎名は熟睡中に二度ほど幾つかの確認事項のためにガロウに起こされた。彼の人が椎名を起こしたいと考えたら、ベッドが振動するのである。

　しかし、総じてイビスたちは映像の内容を自分たちの科学理論や工学理論で再構築し、その原理を咀嚼(そしゃく)しているらしかった。そうした中で、最大の問題は制御装置だった。

　妖虎は、人類の集積回路の原理くらいはイビスにも容易に理解できるだろうと判断したらしい。だがここで問題に突き当たった。人類の立体構造の集積回路は量子論を利用した素子が使用されていたが、この量子論の部分でイビスは解釈の壁に突き当たったらしい。

　つまり個別の現象については予測がつくが、それは人類が期待した結果であるのかどうかの判断ができないらしいのだ。はっきりとはわからないが、イビスならもっと単純な別の手段を用いるのに、人類が量子論を応用した素子を用いる理由がわからない点で作業が止まっているようだった。

　人類なら有無を言わさずに、図面のまま組み立てるのだろうが、イビスはこのミューオン製造機の組み立てを、極論すれば「二つの文明の宇宙観の違いを分析する教材」と認識しているらしく、「なぜそうなるのか？」という疑問を放置できないようなのだ。

「ガロウは、椎名の言葉で表現されるミューオン製造機の作成を優先したい。しかしながら制御装置の構造の意味を完全に理解することができないでいる。この問題を解決するための選択肢はないか？」

ガロウが制御装置の集積回路を問題とする理由もわかる。制御装置は機械に対して最適な構造で設計されると、イビスは考えているようだった。それはもちろん合理的な考え方であり、人類もそのような考え方で設計する機械は少なくない。

ただし恒星間宇宙船となると状況が異なる。これは植民星系の拡大期に顕著だったのだが、恒星間宇宙船がワープ機関の故障のために、インフラの整っていない星系で遭難するようなことが起きていた。

こうしたワープ不能となった宇宙船では、船内の機械類や積荷を転用する必要があった。だが制御装置に使われる指先程度の大きさの特殊集積回路が調達できなかっただけで、全長四〇〇メートルの宇宙船を捨てねばならなくなったという事例も報告されていたのだ。

このため恒星間宇宙船のコンポーネントは、無駄に高性能の特殊集積回路を使用して、機関故障にはそれらの部品を転用することになっていた。

これらのことは技術的な問題ではなく、危機管理に伴う法律の問題であった。辺境の植民星系のセラエノでさえすでに高性能の工作艦を有する今日では、インフラの不備を理由にコンポーネントに無駄に高性能の特殊集積回路を用いる必要性はない。

しかし、法律や規則は一度できると改変されることは稀であり、法律の役割が一世紀前に終わっていても、宇宙船の造船業界はその法律で最適化されたサプライチェーンを持っているので、無駄に高性能の集積回路を生産し、使用し続けていたのであった。

ようするに津軽から送られてきた図面の制御装置に量子論を多用した集積回路が使われていたのは、技術的合理性ではなく、人類の側の法律の都合であった。そんな事情をガロウに理解できるように説明する自信は椎名にはない。そもそもいまはワープ機関と危機管理に関する法律の説明に労力を費やすべき状況ではなかった。

むろん椎名にも代替案はある。津軽が工作艦であり、そこに妖虎がいるなら可能な方法だ。

「ガロウたちは、シリコンを用いた制御機構を使用した歴史はあるか？」

そう言いながら椎名は、シリコンで作ったトランジスタの構造図を記憶を頼りに描く。

幸いにもラドンまでの元素についてガロウとは相互理解ができていたので、図で描くことはできた。

とはいえガロウは技術史の専門家ではないから、最初は椎名の意図がわからなかったらしい。しかし、委員会のメンバーに助言を求めることで、それが何を意味するかが伝わった。

「ガロウたちの歴史の中にもこのような構造の素子を活用した時代があり、こうした素子の集合体であれば原理を理解できる」

念のために二値(にち)で表現するブール代数について確認したが、それはガロウも知っていたので論理回路の説明は容易だった。基本的にイビスの歴史の過程にも、シリコン集積回路を用いた時代があったのだ。

考えてみればケイ素など宇宙にありふれた元素であり、彼らの技術史にそうした半導体が存在するのは不思議ではないのかもしれない。こうして椎名は文面をまとめ、再び津軽にメッセージを送った。映像で送るほどの内容ではないので、文章のみだ。

「語彙力の制約から、イビスとは集積回路の構造についての相互理解が成り立たない。しかしながらシリコンをベースとした原始的な半導体については、構造が単純であるためイビスにも原理が理解されたらしい。したがってシリコンベースの集積回路による制御機構の図面を作成し、その技術仕様を返信されたし。その集積回路の作動シミュレーションにより、イビスが同じ動作をする制御装置を製造することで了解が成り立っている」

これに対して再び津軽からメッセージが届く。それはイビス側の図面が完成したら津軽に送れという内容だった。

この文面は椎名宛ではあるが、要求そのものはイビスに対するものだ。そしてメッセージはイビスの通信インフラを用いるから、内容はガロウも知っている。

そしてガロウの意見は、椎名が見落としていたものだった。

「津軽は、ガロウたちが製造したミューオン製造機がいらないのか？」

「どういう意味？」

「ガロウたちが図面とシリコンによる素子の集合体を理解したならば、ミューオン製造機そのものはもはや必要ない。だから相互理解のために、自分たちが製造した機械を椎名たちに提供する予定である。

ギラン・ビーに搭載できるほどの小型化には技が必要だが、十分可能だ。搭載の必要がないなら、製造の負担軽減のためにもっと大きくする」

「現物が手に入るのか……」

確かにイビスの技術水準や考え方を学ぶには、現物があることは非常な助けになる。互いにより円滑な意思の疎通を求めるなら、現物を受け取る以外の選択肢はないだろう。

しかし、それに対して椎名には一つ疑問があった。

「ガロウが椎名とともにギラン・ビーで津軽に移動し、バシキールで椎名が行なっているのと同じ役割を担うことは可能か？」

確かに相互理解のための機械や図面の提供は、いわばロゼッタストーンになるだろう。しかし、ここにはロゼッタストーンだけでなく、それを作った者たちがいる。ガロウでなくても、誰か代表がやってくるだけで相互理解は著しく進むだろう。

「そのような役割のエツを、将来的には椎名たちの集団の中に送りたいとガロウたちも考えている。しかし、赤ストラップをどうするかなど検討課題も多い。椎名もわかっていると思うが、ガロウたちも母集団から切り離されて孤立している。いかなる行動が最適かは委員会でも結論は出ていない」

イビスたちもボイドから母星にワープすることができず孤立している。それは椎名も予想していた。惑星バスラのイビスたちだけで人類と交渉を持ち、物事を決定できるかどうか、そうした議論が委員会にあっても不思議はない。そのあたりの事情は椎名にも理解できなくはない。

だが、ガロウの言う「エツを将来的に椎名たちの集団の中に送りたい」と「赤ストラップをどうするか」についてはどう解釈すべきかわからない。ここまでの生活経験から椎名は、エツとは姓のようなものだと思っていた。ガロウに限ればエツは貴族の称号か何かのようにも解釈できる。

しかし、この文脈での「エッを送る」は外交官なり大使の意味となる。だがたとえば執事的な存在のエッ・ニカもそのような外交官に含まれるのか？　さらに「赤ストラップ」はいままで高官の意味と解釈していたが、どうもそういう単純な解釈はできないらしい。

椎名は、図面だけ送るか、図面と現物を送るかをイビスから確認されていることと、こちらには自分がいるが津軽にはイビスがいないので、相互理解には現物が望ましいだろうという趣旨の文面をまとめる。若干だけ椎名の見解も含めたが、ガロウからも委員会からも異論はなかった。

椎名がここで津軽にイビスがいないことに言及したのは、将来的にイビスから人材が送られてくる可能性を示唆する意図があった。

メッセージを送ると、すぐに現物と図面を求めるという返答があった。当然の判断だろう。しかし、津軽からはさらにメッセージが届く。

「イビスは惑星バスラに植民を仕掛けて失敗したように見えるのに、どうして撤退せずに地下で生活しているのか？　それを確認したい」

どうしていまこの質問をするのか椎名には理解し難かったが、ガロウは別の受け取り方をしたようで、委員会に諮って、簡単なメッセージを起草し、返信した。

つまりイビスは惑星バスラの植民化に失敗しているので、その原因を探るためにこの惑星にいる。

「ガロウたちは、植民化を諦めたりはしないの？」

椎名は尋ねる。人類の植民星系の中には、経営失敗により一度は捨てたところもある。だから失敗には驚かないが、原因を探るのに地下都市を建設するのがわからない。

だがガロウの説明は、椎名の解釈と違っていた。

「単純に居住不可ならガロウたちはその惑星の植民を止める。しかし、惑星バスラは違う。ここの生物叢は、意図的にガロウたちの居住圏を破壊しようとする自動性を有している。それを観察している」

言葉をそのまま解釈すると、惑星バスラが意志を持ってイビスの植民化を妨害しているように聞こえる。ＳＦコンテンツなら、そういう設定の惑星が登場するものは幾つもあるが、現実に発見されたものはない。

椎名としても、この問題も相互理解が進まないと正確な判断は不可能だと思われた。

そうして津軽とのやりとりも続いたが、ミューオン製造機の組み立てが始まると、委員会もガロウも、さらには椎名さえも忙しくなった。技術的なところで椎名への問合せも増えてきたからだ。時にはギラン・ビーを稼働する必要も生じた。

そんな中でガロウが告げる。

「椎名の表現で言うならば、一二月一八日にギラン・ビーは稼働できる」

7　ギラン・ビー遭難

一二月一八日・イビス地下格納庫

椎名はギラン・ビーの操縦席に就いていた。システムはすべて正常に稼働している。しかし、椎名が注視しているのは、イビスたちが製作したミューオン製造機の状態だった。妖虎が送ってきた制御機構の動きは、椎名も技術者として把握していた。それ自体は平凡な機械である。

問題は、それをシリコンによる集積回路で置き換えたものを、イビスが理解し、自分たちの技術で再現した制御装置で動かしていることだ。一つ間違えたなら伝言ゲームでまるで違った装置として完成される可能性もあったが、モニターの表示を見る限り、すべては正常に作動している。発熱や消費電力の状況も矛盾した数値を出していない。

何より重要なのは、ミューオン製造機から送られてくるミューオンの密度の数値と、ギラン・ビーの核融合炉が表示するミューオンの投入量の数値が一致していることだ。

椎名が注意するのは核融合炉だけではない。燃料の重水素やバッテリーの容量、さらに酸素や飲料水の備蓄も確認する。完璧な修理とは思うが、一度は船体ごと千切れた宇宙機だ。漏出の有無には細心の注意を払わねばならない。

備蓄としてはガロウから食料も受け取っていた。これは食べるためというよりも、イビスの食品加工技術などを知るためのサンプルだ。基本的にギラン・ビーに搭載されていたレーションの複製だが、何をどこまで複製したのか、その再現性は相手の能力を知る重要な証拠だ。

「椎名からガロウに伝える。ミューオンの密度が十分高まった。これより核融合炉の点火プロセスに入る。高速中性子の漏出の可能性に備え、ガロウたちは周辺より退避せよ」

周辺にイビスがいないことは外周カメラで確認している。触媒核融合炉で致命的なレベルの高速中性子が漏出する可能性は、点火に失敗する可能性より低いが、ギラン・ビーの核融合炉再稼働でイビスに死傷者を出すわけにはいかない。

だからギラン・ビーの周囲は高速中性子の吸収パネルで囲まれていた。素粒子理論の概念が人類と異なるイビスだが、どういうわけか高速中性子についてだけは互いに了解が成り立っていた。ただしこれは「中性子」という素粒子について共通理解が成り立っているのではなく、「高速中性子が起こす現象」についての了解であった。

「椎名へ。アルタモは準備が完了した。同期は椎名に委ねる」

それはガロウからのメッセージだった。アルタモとはこの巨大な格納庫そのものに組み込まれたワープ装置であった。宇宙船バシキールもワープが可能であったが、格納庫と軌道上を往復する特殊用途のワープ装置がアルタモである。

椎名もそうしたワープ装置については漠然と原理の予想はついたが、実用機器として組み上げるとなるとわからないことが多すぎた。そもそも人類とイビスのワープ技術が同じものなのかについても未知の部分は残されていた。

ただイビスもギラン・ビーの修理の過程で人類のワープ装置については解析できたはずで、いまのところ違いについて言及されたことはなかった。

椎名は転送前に、再度、システムのチェックを行う。特にワープシステムについては入念に行なった。とはいえ実際に作動させてみなければ、どうなるかはわからない。

計画では、アルタモによりギラン・ビーは静止軌道以上の高高度にワープアウトさせられ、そこから自由落下に入る過程で主機を作動させ、装置類の試験を行なったのちに津軽と合流する計画だった。

この軌道については津軽にも通知していた。津軽にもギラン・ビーがあるようで、問題があった場合には、そのギラン・ビーが回収にやってくるらしい。椎名と津軽との通信はすでに自由にできるようになっていたが、イビス側から津軽へは特別の通信は送られていない。椎名が津軽に到達してから本格的に進めればいいとガロウは考えているようだ。

ギラン・ビーの核融合炉は安定した稼働を維持している。未知の文明の産物にもかかわらず、イビスのエンジニアたちは完璧な仕事をしたようだ。

すべてのチェックを終え、椎名はカウントダウンに入る。そんなものはなくても宇宙船の発着はＡＩが自動で行う。それでもカウントダウンを行うのは、ガロウたちに伝えるためだ。

「……五……四……三……二……一……〇！」

すでにアイドリング状態だったのか、格納庫の壁に見えていた巨大なリングの列が、ギラン・ビーからの信号で赤く点灯する。椎名はギラン・ビーが急に自由落下したような感覚に襲われた。ワープに伴う空間変異が起きているのだろう。

人類の宇宙船は船体自体が空間の変容を起こすので、船内にいる限りはこうした自由落下の感覚はない。しかし、いま格納庫で起きているのは宇宙船の外で作られる空間変容なので、ワープ機関の外にあるギラン・ビーは自由落下しているような感覚を受けるのだ。

これはエレベーターで喩えるなら、箱の中に乗って降下している人間は箱から落ちることはないが、箱そのものはエレベーターシャフトを降下しているようなものだ。

この状態のギラン・ビーは外部との通信は一切できない。だがここで予想外のことが起きた。巨大なワープ機関のリング列のただ中に置いたために、ギラン・ビーのワープ機関が干渉を受け、作動し始めたのである。

それは一瞬のことで、格納庫のワープ機関の影響から離れると、ギラン・ビーのワープ機関は停止した。しかしシステムは、再始動不能となるほどの甚大な影響を受けたことを報告していた。

もともと解体した駆逐艦のクラスター化されたワープ機関から、最小のコンポーネントを取り外して実装したのがギラン・ビーのワープ機関だ。数百メートルもあるような巨大宇宙船を軌道上に遷移させるワープ機関とでは、消費エネルギーのレベルが違う。巨大なワープ機関の始動に伴い、最小規模のワープ機関が干渉を受けたとしても不思議はない。その代償としてギラン・ビーのワープ機関は焼き切れたようだ。

しかし、とりあえずギラン・ビーの核融合炉は正常であり、使用不能となったワープ機関はAIの判断でシステムからは切断されている。それで安心しかけた椎名だったが、ナビゲーションシステムの表示に愕然とした。そこは惑星バスラの高高度軌道ではなかった。

アイレム星系内には間違いないようだったが、バスラの姿が見えない。近くにあるのはガス惑星であり、そこから離れたところにバスラではない岩石惑星がある。

「あのガス惑星がダウルで、岩石惑星がサマワだとすると、ここはどこ？」

ＡＩはすぐに答えを出す。ギラン・ビーは恒星アイレムを挟んで惑星バスラのほぼ反対側にいる。ただし恒星から四天文単位は離れているらしい。

「こんな形のニアミスというのもあるのか」

考えれば、アルタモという設置型のワープ機関の中で干渉を受けて、こちらのワープ機関が作動したのだ。これほどのニアミスはあるまい。

椎名は改めて備蓄品を確認する。まず核融合炉は燃料の重水素も十分であり、一年や二年は電力の供給は問題ない。また基本的に電力供給さえあれば、呼気の二酸化炭素を分解するなどして酸素供給も心配ない。

食糧は五人の人間が一日二食で三日分、つまり三〇食分がイビスが再現したレーションとして保存されている。

より問題となるのは飲料水で、三〇リットルの備蓄しかない。五人で三日分の備蓄というのは過小に思えなくもないが、そもそもギラン・ビーは工作艦に搭載して、修理すべき宇宙船の至近距離まで移動するのが基本的な運用だ。三日というのは、休養や食事で工作艦に戻らずに連続して作業を行うためだ。

それでもいま船内にいるのは椎名一人だから、備蓄品は五倍にできる。とはいえ三日が一五日になるに過ぎない。食糧はまだ節約で引き延ばせるとしても、飲料水の節約には限度がある。脱水症で意識障害など起こすわけにはいかないから一定以上は水分摂取が必要だ。

これが大型艦なら汚水処理を伴う飲料水の循環システムが装備されているが、ギラン・ビーのような小型宇宙船にそんなものはない。水や食糧は母艦から供給されるのが原則だからだ。

当座の空気や水・食糧の不安はないとしても、生きて行けるのは持って一ヶ月だろう。その間に津軽との連絡を取らねばならない。

当初は楽観していた椎名だったが、冷静に分析すると、自分が置かれている状況は思った以上によくない。まず現在位置は、惑星バスラから見てアイレム恒星を挟んだほぼ反対側だから、恒星が邪魔で直接的な通信はほぼ不可能だ。

ギラン・ビーも宇宙船には違いないが、それよりも、大きな宇宙服と考えたほうが実態に近い。だから通信能力も高くない。母船とやりとりできれば十分なのだ。

受信側が高性能ならギラン・ビーからの通信を傍受することは可能だが、それにしても恒星を挟んでは無理だろう。

惑星バスラが観測でき、同時に恒星の影響を受けない位置までギラン・ビーで移動するなら、こちらの通信を送ることは不可能ではない。しかし、これもかなりハードルが高い。それは宇宙船としてギラン・ビーは速度性能が著しく低いからだ。確かに核融合炉は搭載しているが、プラズマを噴射して飛行する宇宙船ではない。核融合炉はスパコンや作業機械の稼動に使うのであって、推進にはほとんど使われていない。

これは当然の話で、母船から現場に展開するギラン・ビーには、そもそも速度性能など要求されていない。それに修理対象の宇宙船の周辺で核融合プラズマを噴射するなど危険すぎる。なのでギラン・ビーそのものの推進機構は馬力重視で比推力はそれほど高くない。地球型惑星の軌道上を移動する程度のものだ。

この状況でざっと計算すると、一天文単位移動するのに三ヶ月はかかる。どう考えても手持ちの資源では生きられない。

津軽がこちら側にワープして通信電波を全方位で発信すれば、そちらに向けて通信を送るということも考えられるが、生憎（あいにく）とギラン・ビーは受信能力も高くない。かなり条件に恵まれないと津軽の電波を受信できないだろう。

状況はかなり悪い。絶望的と言ってもいいだろう。それでも椎名が希望を捨てないのは、津軽には狼群妖虎がいるという事実にある。明石工作部長もギラン・ビーが行方不明という事態に対して、時間内に救援を行うことを考えるはずだ。そして妖虎のことだから、津軽には河瀬やロスも乗っているはずだ。妖虎が考え、河瀬やロスが動くなら、かなりのことが可能だろう。

そう、妖虎と信頼できるスタッフの存在が、椎名に希望を与えていた。そうなると彼女が考えるべきはギラン・ビーという限られたリソースで津軽に合流することではなく、ともかく自分の現在位置を伝えることに絞るべきだろう。

ギラン・ビーの開発者でもある狼群妖虎なら、椎名が考えた程度のことはトレースしているはずだ。結論は一つ、ギラン・ビーでの移動は現実的ではない。位置を知って津軽が回収に向かう。それ以外の選択肢はない。

このことを前提にもう一度、この問題を考える。まず、ギラン・ビーの電波出力を上げることは可能か？　これは投入電力とアンテナの特性で決まる。ギラン・ビーで機動しないと決めたなら、アンテナの構造はかなり華奢なものでも展開できる。電力については、ここで核融合炉が必要な量を供給してくれるだろう。

ただそれでも恒星を挟んでの通信は容易ではない。もっとも計算すると、現在のギラン・ビーの位置だと、恒星を一周するのに三〇〇日近くかかるが、惑星バスラはほぼ三六五日前後で一周する。だから一ヶ月程度我慢すれば、惑星バスラの公転によりギラン・ビーと津軽は直接交信が可能な位置関係となる。水も食糧も尽きる寸前に津軽により救出されるわけだ。

確かにこの方法で生還する可能性は見えた。しかし、一つ問題がある。それは狼群妖虎という人は、良くも悪くも椎名ラパーナを買い被るというか、見込んでくれていることだ。天体の位置関係が通信可能となるまで待つという解決策を妖虎が見つけているとしても、きっと「椎名ならもっとエレガントな方法で問題を解決する」と考えているのは間違いない。

そして椎名自身も、もっとエレガントな方法があるはずという直感はあった。椎名はアイレム星系の天体図を睨む。そして解法を見つけ出す。すぐに、作業の準備にかかった。ギラン・ビーは作業用宇宙船なので、足場に使うパイプや牽引(けんいん)用のワイヤーなどは基本装備として含まれている。それについてはイビスも調査はしたらしく、すべて揃っている。

椎名はそれらの資材リストを眺め、必要なものを設計する。そしてギラン・ビーの航行システムに宇宙船の姿勢を設定すると、常にそこへ向けるように指示した。そうして彼女は宇宙服を着用し、船外作業にかかる。作業用ドローンも使用できたので、思ったよりも順調に進んだ。

「津軽の受信状態が良好なら、こちらの信号に気がつくのに、一時間。ワープの準備に一時間程度必要として、最短で三時間で津軽と対面できるわね。とはいえ半日見るのが現実的だろうなぁ」

準備ができると椎名は電波の送信を続けた。ギラン・ビーの空間座標、それだけだ。それを繰り返した。そして作業から数時間後、ギラン・ビーの前に工作艦津軽がその姿を現した。

一二月一八日・工作艦津軽

ギラン・ビーのワープが行われた時、西園寺は通信システムを全開にして、椎名からのメッセージを確実に捕捉できるよう命じていた。カウントダウンの表示は〇を過ぎていたが、最初の一分は何の信号も受信できなくても誰も焦りはしなかった。ワープアウト後はシステムのチェックなどで忙しいものだ。

しかし、二分経過し、一〇分経過し、さらに三〇分が経過しても、椎名からの通信もなければ、ギラン・ビーの姿も確認できない。そんな時にイビスの人工衛星から通信が入る。

「イビスは椎名とギラン・ビーの位置を認識できなくなった」

津軽の乗員たちにとって、漠然とした不安を悲観に変えたのは、その通信だった。イビスの文面は短かったが、西園寺は彼らの（こういう表現がイビスに当てはまるなら）狼狽ぶりが見える気がした。イビスからこうした形で津軽に通信を送って来たことはないのだ。

椎名の身柄を返還しないための猿芝居という可能性も考えたが、それはまずあり得そうにない。ここまで様々な手順を踏んでギラン・ビーの帰還を準備したのに、ここに来てそのような不誠実な行為を行えば、以降の人類とイビスの交渉は著しく困難になるだろう。

倫理という問題を現時点で論じても意味はないとしても、椎名一人を確保するために、将来の人類との交流を難しくすることは、どう考えてもデメリットの方が大きいだろう。イビスにとって人類と敵対して得るものは何もないのだ。

「西園寺は、ギラン・ビーが消息不明になるまでにイビスが感知したテレメトリーデータを要求する」

イビスがギラン・ビーのテレメトリー電波を傍受していたかは不明だが、ギラン・ビーに起こることをモニターしていたのは間違いないと思われた。イビスから見て異種族の宇宙船が飛び立つのだから、情報は最大限に記録するはずだ。

それに妖虎によれば、ギラン・ビーは作業に支障がない範囲で、可能な限りのデータを母船に送るのがシステムのデフォルト設定だという。修理対象の宇宙船の事故原因究明の重要なデータとなるからだ。

だからイビスもまた、椎名のギラン・ビーが発進する一部始終を記録しているはずなのだ。程なくして人工衛星経由でイビスから電波信号が届いた。テレメトリー電波の完璧なコピーであるらしい。

イビス側がここまで迅速に対応するのは、非協力的な態度は人類に不信感や敵意を覚えさせると考えたのだろう。椎名は救助されてからイビスとは良好な関係を築いていたらしく、言葉によるコミュニケーションにも成功していた。

それは椎名の能力に負うところも大きいのだろうが、同時にイビスの思考法が人間と極端に乖離（かいり）していないからではないかという印象を西園寺は受けていた。

その間、テレメトリーデータの分析は妖虎が中心となって行われていた。そしてギラン・ビーが行方不明になった理由は比較的すぐに明らかになった。

「これは完全に予想外。イビスは船外にワープ場を作り上げて宇宙船を移動させる。軌道に上がれば宇宙船も自由にワープできるとしても、地下施設から軌道上へ宇宙船を投入させる必要からでしょう。

そしてこの生成される場の規模もエネルギーも、全長数百メートルの宇宙船を飛ばせるほどだから、ギラン・ビーのワープ機関よりはるかに巨大となる。

当初、ギラン・ビーのワープ機関は停止していた。ところが強力なワープ場の中に置かれたことで、ワープ機関が干渉を受けて起動してしまった。テレメトリーデータはここまでで途絶えてる。

つまりギラン・ビーはこの時点で、イビスの固定型のワープ装置ではなく、自前のワープ機関で地下からワープしてしまった。重要なのは、これがワープ機関同士の干渉、つまりニアミスが起きたに等しいこと。

そりゃそうさ。ワープ機関の中でワープ機関が作動したら、これ以上のニアミスはないじゃない」

「だとしたら、椎名のギラン・ビーはどの辺に飛ばされたんだ?」

西園寺は妖虎の仮説には驚いたものの、起きたことがわかれば解決策は立つ。ギラン・ビーの飛ばされた場所に津軽で回収に行けばいい。だが妖虎の表情は冴えない。

「イビスの設置型ワープ装置の構造がわからないから推測はかなり難しい。そもそもニアミスという現象自体が片手で数えられる程度しかないのよ。位置を特定できるほど、現象については解明されていない。一つの仮説として、ニアミス前後で恒星を原点として、運動エネルギーと位置エネルギーの総和は変わらない。エネルギーは保存されるらしい。

だからイビスのワープ装置の投入エネルギーが巨大でも、ギラン・ビーのワープ装置は最小限度のシステムだから、そこまで遠くには飛ばされていないはず。ただ解釈が難しいのは、イビスの装置は地下都市に固定されているから、惑星バスラ全体が一つの宇宙船と解釈されるということ」

「惑星バスラが宇宙船？」

その発想は西園寺にはなかった。

「解釈としてそうなるということ。本当に惑星バスラは何ミリか移動しているかもしれないけど、それを計測するのは困難よね。逆に、イビスの装置が動かないから、反動をすべてギラン・ビーが吸収して、何天文単位飛ばされているかはわからない。E1とE2のニアミス事件のデータから推測すれば、五天文単位以上は飛ばされていないと思うけど、それも絶対とは断言できない。一つ言えるのは、惑星バスラから見て、恒星を挟んで反対方向ってことくらい。それだって綺麗に反対側ではなく、数十度のばらつきがある」

「それなら反対側に津軽をワープさせて、そこから全方位に信号を送れば、ギラン・ビーが受信して居場所を返信してくれないか？」

しかし、妖虎の表情を見る限り、問題はそんな簡単なものではないらしい。

「ギラン・ビーの通信能力は高くない。母船と交信できればそれで十分だからデータリンクの性能は高いけど、送信はまだしも受信性能は低い。だから至近距離からの通信でなければ、受信できない」

「あのぉ……」

話を聞いていたセルマが発言する。

「いま確認したら、ギラン・ビーの水と食料なら一ヶ月は生きられます。それだけあれば惑星バスラの位置関係が良くなって、ギラン・ビーがこちらの通信を受信不能でも、あちらからの通信を我々が傍受できるのでは？　時間さえあれば問題は解決すると思います」

妖虎は言葉を選ぶように反論する。

「それはまぁ、私も考えた。問題は二つある。ギラン・ビーの位置関係が悪ければ、惑星バスラに電波を送れる前に水と食料が尽きているかもしれない。生存可能な時間までに惑星の位置関係が改善するかどうかは博打（ばくち）よ。

もう一つの問題は、我々が椎名の捜索を行わず、一ヶ月以上も動かないことをイビスがどのように解釈するか？　先のことを考えて、人類が同胞の生命を尊重することと、困難な課題を解決する能力があることをイビスに示すのが、我々がここにいる理由の一つのはず」

納得したセルマに対して、妖虎はさらに続けた。

「たぶん椎名なら、惑星の公転を待っていれば通信可能になるくらいのことは考えている。だけど、な組の組長を名乗るからには、もっとエレガントな解法を見つけ出すはずよ」

「あの工作部長、椎名がどんなに有能でも、使える資源はギラン・ビーだけだろう。物理的な限界は彼女ならわかるはずじゃないのか？」

そんな西園寺に対して妖虎は、目の前で指を振って異を唱える。

「椎名には他にも武器がある。彼女は工作艦津軽には私が乗ってることを知っている。だから私の行動を予測して、その上で手を打ってくるはず。つまり私もまた彼女が使える資源となるわけ。となると……」

妖虎はアイレム星系の惑星配置を表示させる。そして出発時のギラン・ビーの装備品を確認した。さらに津軽の装備を確認する。

「河瀬君、最優先でやってほしいことがある。直径二〇〇メートル、いや二五〇メートルのパラボラアンテナを設置して。時間がないからシートに金属膜を蒸着させるか、メッシュ構造で作るか、方法は任せる。椎名が私と同じことに気がついたなら、それで救えるはず」

河瀬は西園寺たちと仮想空間を共有しておらず、聞こえるのは艦内通信機経由の声だけだ。それでも椎名を救えるという話に、工作室の河瀬の声のトーンも変わる。

「銅板をレーザーで精密切断して、メッシュ構造になるように展開するのが一番簡単でしょう。曲面の歪みは、レーザーで読み取って信号処理で補正すれば何とかなるはずです」

「なら、それでお願い」

「あの工作部長、アンテナを作るとして、どこに向けるんですか？」

河瀬に対して妖虎は星系図を示したらしかった。

「惑星サマワに向ける。椎名ならギラン・ビーの積荷を利用して、指向性の強いアンテナを組み立て、惑星サマワに自分の位置データを送信する。その電波は惑星で反射され、我々からも受信することができる。あくまでも受信能力次第だけどね」

「惑星に電波を反射して受信させるんですか。そんな方法、考えたこともありませんでしたよ」

それは西園寺も同様だ。通信衛星が発達している時代に、惑星に電波を反射させるなど普通は考えない。

「普通はそんな非効率なことはしない。でも、何世紀も前の地球では惑星に電波を照射して反射波を傍受することで、惑星の運動や自転速度を計測するようなことをやっていたわけ。だから技術史さえ知っていれば、それほど突飛なアイデアでもないのよ」

「それでも工作部長はともかく、椎名組長、知ってますかね、そんなこと？」

「そりゃ知ってるさ。私が教えたんだから」

そうして数時間後にアンテナが完成し、惑星サマワに焦点を向けると、すぐに人為的な電波信号が傍受できた。

それは間違いなくギラン・ビーからの電波だった。同じ数値列を繰り返したものだったが、それが空間座標を意味しているのは艦長である西園寺にはすぐにわかった。

「イビスに椎名の居場所が判明したことを通知しよう。それから津軽はワープ準備にかかれ。椎名を迎えに行かねばならん」

そうして津軽がワープアウトしたとき、彼らは巨大な送信アンテナを展開しているギラン・ビーと遭遇した。

一二月一八日・作業艇ギラン・ビー

工作艦津軽の構造を、椎名はギラン・ビーを操縦しながら確認していた。すでにアンテナは除去して身軽になっている。

基本的にクレスタ級輸送艦であったが、大型の作業用アームや司令塔など、基本的な設備は備わっていた。

そうして津軽との距離を徐々に詰めてゆく。やがて津軽のシステムからギラン・ビーの制御を許可するよう要請があり、承認する。そこからギラン・ビーは椎名の手を離れて津軽の船体中央、輸送船なら格納庫に相当する場所に用意された連結台に向かっている。それは船外にギラン・ビーを固定するためのものだ。

ギラン・ビーは危なげなく連結台に接続し、固定具により宇宙船と一体化する。コンソールには、酸素や水、電力が津軽から提供されていることが表示された。それに呼応するように、外から宇宙服を着用した人間が二人現れた。ＩＤは河瀬康弘とロス・アレンであることを示している。

「ちょっと、組長代行クラスが二人もやってきてどうするの？　ここで何かあったら組の指揮系統はどうなると思ってるの？」

そう言いながらも、椎名は涙が出た。自分が人類社会に戻ってきた実感が、仲間の姿を見て一気に湧き上がってきたのだ。しかし、通信回線の前で、何とかしてそれを押し殺す。

「安全距離は確保してます。一蓮托生（いちれんたくしょう）にはなりませんよ。で、おかえりなさいませ、組長」

そう言ったのは、河瀬だった。そして全員に示すかのように、彼は自分のＩＤ表記の組長代行を消した。そして椎名の表記が組長になる。椎名はそれには何も言わない。何か言おうとすれば、泣いてしまいそうだからだ。

「すいませんが、イビスから提供されたレーションをエアロックに移してください。こちらで分析します。代わりに日用雑貨と二週間分の食料を置いていきますから」

「検疫は二週間だっけ？」

「植民星系で人間に感染する病原体の経験則から割り出した数字ですからね。ただイビスの中で一ヶ月以上も生活していて健康なんですから、二週間も必要ない気もしますけどね。一応、医療モニターと採血の道具も入っているのでお願いします」

「あいよ」

未知の微生物との接触についてはイビスも神経質に気を遣っていた。それは自分たちのためか、椎名のためか、あるいはその両方なのかはわからない。ＡＩによる翻訳の限度もあるのだが、ガロウの断片的な言葉から推測すると、イビスたちは惑星バスラの微生物に植民計画を頓挫させられた経験があるらしい。

それが異星の生命体への警戒心を強めた理由と思われた。彼らが地下に生活拠点を築いていたのも、地上の微生物の侵入から自分たちの生活圏を遮断する意図があったようだ。イビスとの生活の中で、微生物管理がラフになってきたように感じたが、おそらく人類やその微生物は脅威にならないと判断されたのだろう。

ただ、それだから椎名がイビスの微生物を持っていないとは言えないし、それが他人に害を与えないという確証もない。艦内に椎名を収容しないというのは妥当な判断だろう。

それでも椎名のギラン・ビーは津軽のシステムと接続されていたため、仮想空間の中で乗員たちと場を共有することはできた。なので津軽と繋がって数時間後には、狼群妖虎主催で工作部の歓迎の晩餐会が開かれた。

西園寺艦長は参加せず、妖虎や河瀬、ロスなど、明石から技術指導で乗り込んでいる工作部の人間だけ、十数人の規模だ。つまりこれは明石に椎名が戻ってきたという解釈だ。

河瀬がエアロックに入れていた食料は一時的にせよ移送時に真空暴露状態でやり取りしなければならないために、津軽から運ばれてきたフリーズドライのレーションが大半ではあったが、小型与圧ケースに入れられた料理があった。主賓のための前菜、副菜、主菜、デザートというところだ。料理の新鮮さを見れば、津軽の厨房で料理されたのは明らかだ。

歓迎会の場で椎名のテーブルの上だけはリアルであったが、他はすべて仮想空間であった。ただメンバーの料理は椎名と同じである。

「生還おめでとう。あなたに万一のことがあったら、どうしようかと思ってた。でも、組の頭(かしら)は生き抜くとは思ってたけど」

妖虎はそう言ったが、ＡＩの演出でない限り、涙ぐんでいた。

「船体が分解したのに、私の生存を信じていたんですか？」

「だってあなたが分解したわけじゃないじゃない」

そう言うと軽い笑いが起こる。

「あの時のビデオを何度も解析して、コクピット周辺は破壊されておらず、酸素の漏出もほとんどなく、分解の原因も磁場と核融合プラズマの干渉の結果だったし、人体に致命傷になるほどの衝撃波も認められない。

イビスがギラン・ビーを回収した時、居住区画が機能しているなら、少なくとも酷寒でメタンガスを呼吸させるようなことはないはず。常温で空気を提供してくれるなら、生存確率は一気に高くなる。イビスが惑星バスラにいるからには、空気組成はそれほど変わらないはずという読みがあったしね」

妖虎はざっとそんな話をする。椎名は上司の有能さで救われたのだと改めて思った。

「でも、イビスが邪悪な異星人であるようなことは考えなかったんですか?」

「それは考えても無駄でしょ。我々が何を望んだところで、イビスの本質が変わるわけはないんだから。それに人間の視点で正邪を議論しても無意味でしょ。間違いなく文化が違うんだから。

それに隣の星系の人類という知性体の存在は、仮にイビスが邪悪な生き物でも重要な関心事であるはず。最大限の情報を椎名から得なければならず、そのためには持てるすべてを費やしてでも、椎名には生きていてもらわねばならない。

つまりイビスが知性体であるなら、椎名を生存させる以外の選択肢はないわけよ。じっさいのところ、どうだったの？」

そこで椎名は円柱のようなロボットの話から始まって、自分の経験をすべて話した。時には仮想空間上に図や絵を描いて、説明を続けた。

この場は歓迎会ではあるが、イビスに関する情報は西園寺らも共有しているのだろうか？　椎名はふとそんなことを思ったが、気にはしない。どうせ同じことを正式に報告しなければならないのだから。むしろ記憶が鮮明なうちがいいだろう。

どれくらいの時間を話したか、椎名もわからなかったが、エージェントは「三時間以上話しているので休息すべき」と助言した。

椎名がエージェントの助言で話を一度止めたことは、その場のメンバーにも伝わったらしい。しばらくは発言するものもいない。

「どう、あなたの印象として、イビスは人類に対して害意を持っていると思う？」

妖虎の問いかけは、おそらく津軽だけでなくセラエノ星系のすべての人類の関心事と思われた。椎名はそれに対して、慎重に返答する。イビスに対して人類への先入観を与えないことと同様に、人類に対してもまたイビスへの先入観を与えるべきではないと考えるからだ。

「まず私がじっさいに姿を見たのは仮想空間上の委員会の議長も含め、一〇人に過ぎません。彼らが人類という存在を重視しているならば、私が接触した一〇人はイビスの社会でもエリート層と判断できます。

そしてガロウやツウたちの話から推察すると、ガロウのような階層はイビス社会の意思決定に強い影響力を持っていると考えられます。

このことを推論の前提として考えたとき、イビスは人類に対して強い興味を抱いているものの、害意を持っていると判断すべき証拠はありません。

ただこれは、イビスという種族全体について言えるのかどうかはわかりません。理由は、ガロウたちも母星とのワープが不可能な状態にあると考えられるからです。それはガロウの仄めかし程度のものですが、まず間違いないと思われます。

そうであるなら、こうした可能性が考えられます。つまり母星のイビスはどうであれ、惑星バスラのイビスたちは現状でも大きな問題を抱えている中で、この上さらに人類との間に厄介な問題は抱えたくないわけです」

椎名の発言に、妖虎は満足そうな表情を見せた。

「イビスに救助されたのが他ならぬ椎名ラパーナであったことは、人類にとって幸運以外の何ものでもないわね。

それでもいまの話は興味深い。イビスも人類も、互いに集団の意思としては相手に害意はないものの、互いに母星から孤立した集団ゆえに、それを相手種族の総意であると信じられない。

ただボイド内の二つの知性体が良好な関係を築くことができたなら、どちらが先に母星との交通が復活したとしても、残された方の種族にとっては、危険の度合いは少ないと言える」

「一つ興味深いのは、イビスは武装を持っていなかったことです。私が見なかっただけで、バシキールに武装がないとは言い切れませんが。

ただ、イビスとの生活の中で、彼らは私に暴力で何かを強制しようとしたことはありません。彼らが武器の類を持っているかどうかは確認できていませんが、少なくとも生殺与奪の権を握っているにもかかわらず、暴力で強制しようとはしなかった。

彼らの害意の有無を論じることは私にはできませんが、一つ言えるのは、イビスは暴力の行使にあたっては慎重であるということです」

そして椎名は続けた。ここまでだと過度に楽観的な印象を与えると考えたためだ。

「その一方で気になるのは、イビスが私に人類の組織モデルを構築させようとしたことです。つまり椎名という一人の人間なら危険がないとしても、人間が集団となった時、個人の善意を組織の意志として考えることはできないという前提のものと思われます。

つまりガロウが人類との良好な関係を目指していたとしても、集団としてのイビスに対しても同じ考えであることは期待できない可能性があります。イビスの集団における意思決定のメカニズムまではわかりませんでした。

私の経験だけで言えば、彼らの社会は人類のような形での民主制ではなく、むしろ官僚主義もしくは権威主義社会に近いように見えます」

椎名の意見を聞いて妖虎は何かを考えていたが、一つの結論を得たようだった。

「イビス社会の中で、ガロウがどのような社会的地位にあるのか？　そしてエッとはどのような意味を持つのか？　そこがこの問題を考える上での鍵かもしれない。

おそらくイビスの生殖問題が、全体の背景にあると考えるべきでしょう。人間の夫婦に相当するのが、エッに代表されるように三体のイビスの集団なら、ガロウは少なくとも三体の子供を産まないとイビス社会の人口は維持できない。

出産が新生児の剥離という形なので、こういう言い方が正しいなら、一回の出産での母体の負荷が軽いとしても、三回以上の出産が必要なら負担は大きいと思う。それとガロウの社会的立場にどんな関係があるのか？　そこがわかれば諸々の問題が明らかになるはず」

歓迎会はなし崩し的に椎名の報告会として終了してしまった。しかし、椎名としてはそのことに違和感はない。自分が妖虎たちの立場であれば、同じようなことになっただろう。それ以上に、椎名はまず仲間に自分の体験を聞いて欲しかったのだ。それは自覚していなかったことだが、仲間と場を共有したことで、はっきりと納得できた。ガロウたちは尊敬できる者たちだった。だが自分はやはり人間だった。

椎名が無事に帰還できたことで、工作艦津軽の目的は達せられたようなものだったが、ここで一つ問題が生じていた。アイレムステーションでイビスとの継続的な交渉を行うにあたって、椎名がここに残ることがコミュニケーションを円滑に進める上で重要になる。一方で、イビスについて椎名以上に理解し、さらには信頼を受けている人間はいないことから、早急にセラエノ星系に戻り、政府なりマネジメント・コンビナートなりにイビスについての報告をなさねばならない。

まずこの矛盾する二つの問題があった。さらに椎名が帰還するとしたら、それは津軽によってなされなければならないが、その場合、アイレムステーションに誰が残るのかという問題が生じた。

イビスが椎名を帰還させたのには、爾後（じご）の人類との関係を深める意図があるのはまず間違いないところだが、椎名が戻るとしてここに残る人選もまた重要な問題となる。

このための会議は早くも一二月一九日に、椎名本人を交えて仮想空間上で行われた。この会議では西園寺やセルマなども参加していた。

会議を主催したものの、西園寺もこの件に関して自分として考えをまとめられなかった。理由は簡単で、セラエノ星系には機材的にも人材的にもリソースが足りないのだ。恒星間航行可能な宇宙船がもっとあるなら、交代でアイレムステーションの維持も可能だが、そんな余裕はない。

むろんやればやれないことはない。宇宙船そのものは複数ある。しかし、工作艦明石や偵察戦艦青鳳などセラエノ星系では唯一無二の宇宙船を、異星人の都市があるアイレム星系に送り出すのは、現段階ではリスクが高いと言わざるをえない。

他の軽巡洋艦にしても貴重な戦力であるのは間違いないし、さらにどれも艦齢が高いので、イビスとの交渉のような難しいプロジェクトに投入するのは別の意味でリスクがあった。

そういう消去法でいくと、艦齢が一番新しい津軽が星系間を移動するよりない。そうなると「誰を残すのか？」という問題は避けられない。

この問題に最初に意見を述べたのは椎名だった。

「この状況で最善の策はないでしょう。何かを為せば、何かが足りなくなる。そうなるとどちらがマシな案なのか？　そういう話になります。となれば私は惑星レアに戻り、政府機関にイビスについての情報を公開するのが一番だと考えます。極端な話、私がアイレム星系に止(とど)まった場合、何かの理由で帰還できなくなればイビスに関する情報は入手できない。私が帰還すれば、政府が次に派遣すべき適切な人選を進められます。若干の懸念はありますけど」

「若干の懸念とは？」

西園寺としては、椎名のいう懸念は聞き逃せない。

「我々がイビス社会を理解する最大の壁となっているのは、彼(か)の人らの社会において、三人単位の夫婦と生殖がすべての出発点となっているらしいこと。生物として雌雄同体なのに、社会学的に雌雄の別が作られる。その構造を理解しないとイビスの本質は理解できない。

一方で、私とガロウは相互理解を進める中で、互いに提示する情報はイーブンであろうとしていた。そして私はガロウの子供のクオンを見ることができた。

以上のことから導かれる結論は、イビスのもとに人類が公式に派遣されるのであれば、それは男女一組、あるいは一番(ひとつがい)、そして生殖行為から出産までの開示を要求される可能性があります。

　これは面白半分で言っているのではありません。ガロウの認識は、互いの社会文化の構造は、その生物学的な制約から作られているという真っ当なものです。彼の人らにとって、このことを開示するかどうかは、人類の相互理解の意思を測る上でも重要となるわけです」

　さすがにその場の空気が凍ったので、椎名は言葉を足した。

「別にこの場にいる人間で、どうこうしろという意味ではありません。あくまでもイビスがそうした要求をすることも加味しなければならない。そしてそれはアイレムステーションでは解決できず、惑星レアの社会で考えるべき問題ということです」

　椎名の発言で議論が迷走することを懸念したのか、妖虎が軌道修正を試みる。

「まぁ、それはマネジメント・コンビナートで検討すればいいでしょう。イビスの要求にすべて従う必要もないし、あちらが満足できる代替策もあるでしょう。

　椎名がセラエノ星系に戻るというなら、アイレムステーションに誰を残し、津軽はどう帰還するかという話になる。幸い、ステーションはモジュールを大規模に追加したので、津軽がなくても電力に不安はないし、生きてゆくための水や食糧も数ヶ月分の備蓄がある。

　人員は三〇人程度に増やしても十分やって行ける。当面の運用には問題はないでしょう」

西園寺は妖虎が妙に自信に満ちているのが気になった。

「工作部長には何か案があるのか？」

「まず、アイレムステーションには西園寺艦長が残る。当面の間、このミッションの責任者なんだから残るべきでしょう。ともかく、時間稼ぎを行うにしても、相応の権限が必要ですからね。今度戻ってくるときにはウーフーを持参するから、それで惑星表面に降り立つこともできる。その辺の交渉で時間は稼げると思うけど」

「僕が残る？　津軽は誰が指揮するんだ？」

「あなたが駄目なら私よ」

妖虎は当たり前だと言わんばかりだ。

「西園寺艦長はご存じないようだけど、私は明石の工作部長もしているけど、これでも艦長経験はあるのよ。将来、明石の姉妹艦を建造するときに、艦に精通した艦長が必要だから。

なので、津軽は私が帰還させて、戻ってくる。資格面で問題はないはず」

西園寺はエージェントに、彼女の言っていることが事実かどうかを確認させる。エージェントはそれが間違いではないことを説明した。機関学校卒で博士号取得者には、恒星間宇宙船の指揮者、つまり船長もしくは艦長の資格がある。

「松下も運用長と同時に艦長にもなれたのか……」

「そうよ。紗理奈は将来のために津軽で経験を積んでただけだから。だからいまの提案に障壁はない。西園寺艦長の決断次第です」

確かに筋は通るし、違法なことはないだろう。しかし、西園寺にとっては藪から棒な話だ。

そんな時に、セルマがプライベートにメッセージを寄越してきた。

「アクラ市の代表として、私もアイレムステーションに残ります」

それを見て西園寺も決断する。先に延ばしても良いことはない。

「わかった、工作部長の、いや、狼群艦長の意見に従おう」

そして二時間後、津軽からイビスに宇宙船の帰還と、交渉相手がアイレムステーションになることが告げられる。そして津軽はワープした。

8　コスタ・コンコルディア

一二月一八日・セラエノ星系

工作艦明石工作部長の狼群妖虎が臨時に特設工作艦津軽に赴任したために、松下紗理奈が工作部長代行として無人探査機E1によるワープルート開拓の実験を続けていた。これに伴い、偵察戦艦青鳳からミコヤン・エレンブルグ博士が支援スタッフとして加わることとなった。

現実問題として、現在このセラエノ星系でワープ機関の博士号を取得している人間が、狼群妖虎、松下紗理奈、ミコヤン・エレンブルグの三名しかおらず、そのうちの一人がアイレム星系に行っているとなれば、青鳳の人間とて遊んではいられない。

ただ松下はどう考えているかわからないが、エレンブルグとしては、明石での実験協力はあまり居心地が良いものではなかった。これは明石の乗員たちの問題ではなく、エレンブルグ側の問題だ。

彼はワープ航法の研究では「局所的絶対座標理論」の提唱者として知られていた。これは簡単に説明すれば、「現代の物理学は存在を否定しているが、ワープ航法は絶対座標を設定すると航法がうまくゆく。これは大宇宙の中で、一〇〇光年、二〇〇光年という局所的な領域では、絶対座標が存在するように見えるだけで、銀河系全体という巨視的なレベルでなら、ワープ航法も相対論的な運動をするはず」というものだ。

とはいえ一部の科学者の間でこの理論は非常に評判が悪い。もっとはっきり言えば馬鹿にされている。

よく言われていたのが「局所的絶対座標理論とはチコ・ブラーエの宇宙観だ」というものだ。チコ・ブラーエは地動説と天動説の折衷案として、「地球が宇宙の中心で静止している中で、月と太陽が地球の周囲を回り、他の惑星が太陽の周囲を公転している」というものだった。

エレンブルグの仮説も、要するにそうした形で矛盾する事実を「巨視的なレベルという検証不能な視座」を持ち込むことで誤魔化していると言われていた。

言うまでもなく、彼はそうした陰口は気にしなかった。銀河系レベルのワープは誰も成功していないが、彼は彼なりに地道な実験は行なっていた。

既知の地球圏近傍恒星にワープした宇宙船から電波信号を送信し、それを地球や他の星系に届く五年後、一〇年後に受信し、データを分析するというものだ。

ただ、実験の結果は何とも解釈できかねないものだった。送信した信号と受信した信号が食い違う事例が数パーセントほど含まれていたためだ。しかも信号の食い違いは微妙なもので、送信したとされている記録の方が間違っている可能性さえあった。

そもそも五年も一〇年もかかるような実験が簡単に認められるわけもなく、「局所的絶対座標理論」の実験は明確な否定結果は出ていなかったが、はっきりと肯定できるようなデータも得られていないのが実情だった。

だがセラエノ星系における津軽と青鳳のニアミスに始まり、ワープ不能後に起こる一連の現象は、自分の「局所的絶対座標理論」では何一つ説明できなかった。仮説さえ立てられないのだ。

確かに一般市民よりはワープについて詳しいかもしれないが、ワープ工学分野で着実に実験データを積み上げている狼群妖虎や松下紗理奈たちと比較して、自分がここにいたとして何の役に立つのだろうという想いがあった。

「このパラメーター設定を先生はどう考えますか？」

無人探査機E1のデータ解析を専門に行う、明石の工作室の一角にあるコンソールで作業は進められていた。いままでのパラメーター設定と実験結果のデータが表示されている中、紗理奈はエレンブルグの意見を求めてきた。

確かに機関学校ではエレンブルグは講師陣の一員で、紗理奈は学生という立場だった。だから彼女は自分を先生と呼ぶが、彼の意識としては同僚なのであった。

「エネルギー水準があるレベルまでだと、アイレム星系よりも遠方だが何もない空間に現れる。ただ、セラエノ星系とアイレム星系との移動だけは、ワープによる移動距離とエネルギー投入量の関係が一致しない。これは、ボイドという特殊な環境だからだ。

地球圏への座標が固定できないと宇宙船は元の位置に戻ることになる。ところがアイレム星系とセラエノ星系は連星系であり、座標を失った宇宙船が元の場所、つまり連星系に戻ろうとする時、セラエノ星系から出発した宇宙船が共通重心を通過すると、行き先はアイレム星系しかない。そして逆も成り立つ。現在のデータをまとめるとそういうことか」

「それなんですけど、よく考えると、自分で立てた仮説ながら、この説明は少しおかしいんです。ワープに失敗して、連星系の共通重心を通過して元の場所に戻るとして、アイレム星系もセラエノ星系も違いはないわけです。

セラエノ星系から地球圏にワープして座標が見つからないから元の位置に戻る時に、アイレム星系ではなく、セラエノ星系に戻る可能性もあり、この場合は我々はワープ失敗と認識する。つまり二回に一回はワープそのものが失敗しないとおかしい。しかし、この二星系のワープで失敗は起きていません」

実をいえば、エレンブルグもこのことは気になっていた。ただ地球圏とのワープ途絶という予想外の出来事の前に、そこまで深く考えようとはしていなかったのだ。

「紗理奈君はどう考えているのだね？」

「まぁ、仮説はあります。我々は自分たちの認知の誤りのために、問題の本質を摑み損ねているのではないか。ただ詳細を論じるにはもっと実験が必要です」

認知の誤りという言葉にエレンブルグは、紗理奈の上司である狼群妖虎がワープに関して「因果律否定論」の支持者であることを思い出していた。紗理奈自身がどういう立場かは知らないが、妖虎の影響は受けていると考えていいだろう。

彼自身は「因果律否定論」の支持者ではないし、詳しい理論は知らない。彼の漠然とした理解では、この理論がワープ航法そのものの説明ではなく、認知心理学の観点で、ワープ航法とはどのような現象として定義可能かを考えるというようなものだ。

つまり相対性理論と絶対座標の矛盾などがワープ航法では観測されているが、そうした矛盾が生じない宇宙の有り様を構築するという話と彼は理解していた。

ただそれが自分の「局所的絶対座標理論」ほど世間の非難を浴びないのは、宇宙船の航行システムにおいてAIを活用する上で効率的という事情があった。つまりAIに負荷をかけずに宇宙船を運航させる技術として価値があったのだ。

「それでSR48はエネルギー投入量を増やし、一度、アイレム星系とセラエノ星系の連星系の外にワープさせ、そこから再度ワープさせることを考えています」

「ずいぶんと大胆な実験だね」

エレンブルグがそう感じたのは、二段にわたるワープ実験はSR60あたりから行われる予定だったからだ。それを一〇以上前倒しにした形になる。

「E1の機関部の損傷が予想以上に進んでいます。もともと老朽宇宙船の改造でしたから計画通りにいかないとは思ってました。E1が使用不能になる前に可能な実験を行います。そのデータを元に、予備機のE2で実験を継続します。まぁ、E2に関しては許可が出ればの話ですけど」

助言を求められたものの、エレンブルグとしては実験を中止させる権限もなければそのつもりもない。パラメーターの設定も、過去に一〇光年ワープした時のものが第一段では使われ、第二段はその時の天体観測データから設定された。

ただ第二段のパラメーター設定が適切かどうかはわからない。とんでもなく遠くに飛んでゆく可能性はあった。未帰還の可能性も少なからずある。とはいえそれを言い出していたら何も始められない。

完全無人の宇宙船であるため、最初のワープが終わった時点で機関部他の状態をＡＩがモニターし、実験継続が不可能ならセラエノ星系に帰還する。ＡＩが実験継続可能と判断したら二段ワープに入ることになっていた。

政府関係の許可を得てからＳＲ48が実行されたのは一二月一九日。そして帰還予定時間より三〇分、距離で二天文単位のずれでＥ１が帰還したのが一二月二〇日だった。

一二月二〇日深夜・ラゴスタワー

セラエノ星系政府首相のアーシマ・ジャライが第一政策秘書のハンナ・マオから緊急の連絡を受けたのは、窓からラゴス市の夜景を見ながら、そろそろ就寝しようかと思っていた時だった。

地球圏との交流が途絶えてから一時的に、首都ラゴスの夜景は闇が支配していた。照明器具用レベルの半導体さえ地球圏から輸入していたセラエノ星系だ。市民の多くは、いまある機械を可能な限り長持ちさせようとした。電力には余裕もあり惑星資源による電力供給の目処（めど）も立っていたが、それでも人々は照明器具を長持ちさせるため、無駄な灯りを消していた。

しかし、前代未聞の事態による一時的な恐慌状態が落ち着くと、夜景は再び戻りつつあった。空を見上げれば、小惑星から半導体材料を製造する軌道ドックの姿が見える。また工業生産を基盤から支える三次元プリンターのマザーマシン試作一号も完成し、それによる汎用的三次元プリンターの製造実験も成功した。

それでも解決すべき問題は山積していたが、薪を燃やして蒸気機関を運転するまで技術水準が後退するような事態だけは避けられそうだった。

あとは宇宙と地上を結ぶ交通手段の確立だ。これには、軌道上に輸出用穀物を打ち上げるためのレーザー推進宇宙船技術の転用が有力視されていた。それが実現すれば、惑星レアでセラエノ市民一五〇万は文明人として生きてゆくことができる。

そんな思いに耽っている時の緊急連絡だ。時間が時間だけに只事でないのがアーシマにはわかった。

「何が起きたの？」

リビングの壁に映像として現れたハンナに、アーシマは問いかける。

「この場で緊急会議を開催してよろしいでしょうか？」

どうやら事態は急を要するらしい。ハンナも経験を積んだ行政官だ。緊急会議と言っても普通はラゴスタワーに閣僚を招集し、そこで会議が開かれる。自宅にいながら仮想空間上で閣僚会議というのは、合法だがアーシマも経験がない。

「かまいません。閣僚は？」

「全閣僚と次官クラスが待機しています。あと軌道上の工作艦明石から、艦長と工作部長代行が参加します。基本的に彼らの要請です」

「明石から？」

アーシマは、明石からの会議要請という報告に胃が痛くなった。工作艦明石は宇宙空間における施設開発のみならず、ワープ航路開拓という重責を負っている。そのため必要があれば政府に直接働きかける権限が与えられていた。

アーシマが明石にこうした特権を与えたのは、他ならぬ狼群涼狐艦長が権力を濫用するような人物ではないと判断したためだ。世の中には権力を与えるべき人間と、絶対に与えてはいけない人間がいる。涼狐は前者であった。

それだけに涼狐が政府に会議を要請するというのは、よくよくのことだろう。

「首相、青鳳艦長は？」

ハンナの問いにアーシマは一瞬迷ったが、呼ばないことにする。青鳳はセラエノ星系で重要な存在であったが、閣僚会議に呼ぶのは現時点では筋違いと考えたためだ。

アーシマが会議成立とメンバーを確認すると、まず狼群涼狐が仮想空間上の壇上から発言した。

「我々は無人探査機E1にて地球圏との交通再開のための実験を続けてきました。昨日のミッション、SR48で我々はボイドの外にE1を送り出すことに成功しました」

それは朗報であるはずだったが、涼狐の表情は硬かった。

「我々はボイドの外の最も近い恒星を想定し、ワープ航行のパラメーターを設定しました。もとよりこうしたデータで他の恒星にワープできたなら、人類の版図は六〇程度の星系では収まらなかったでしょう。あくまでもこのパラメーターは参考程度のものです。

しかし、E1はボイドの外にワープし、未知の恒星系に到達しました。先に言っておきますと、それは最初に想定していた恒星ではありません。想定恒星は惑星三つを持つK型の星系ですが、E1がワープアウトしたのは惑星二個を持つM型の恒星です。このうち内側の惑星は地球型で生命の存在が確認されました」

会議の空気は何ともいえないものとなってきた。セラエノ星系の宇宙船がボイドを脱出し、生命の存在する地球型惑星を発見したというのは、政府に緊急会議を要請してもおかしくない朗報だ。だが涼狐は、それを問題としているわけではなさそうだ。

「この恒星の名前はドルドラ、その周囲を内側から第一惑星のシドン、第二惑星のグンサーが公転しています。地球型惑星として生命の存在が確認できたのはシドンの方です」

「ちょっと待って狼群さん。恒星やら惑星の名前はあなた方が命名したわけじゃなさそうだけど、既知の植民星系なの？」

アーシマは人類の植民星系の名前はすべて覚えていたが、その中にドルドラ星系などというのはなかった。

「それにはE1の撮影した映像を見ていただくのが一番でしょう」

E1は自分の位置を知るために全天を撮影する機能があり、もしも惑星を発見した場合にはそれを調査するようプログラムされていた。特に地球型惑星についてはそうだ。

惑星グンサーはシドンの半分ほどの大きさで完全に乾燥した酷寒の岩石惑星で、E1のAIも低解像度で惑星表面を遠距離から撮影しただけだった。

しかし、惑星シドンの画像は鮮明だった。周回軌道に乗るほど接近したものではないが、海陸の区別もついたし、植生もある程度はわかった。公転周期は地球の表記で二ヶ月半程度で、自転周期との比率は一対五、つまり一回公転する間に五回自転するという概ね整数比になっていた。

M型恒星の輻射熱を無駄なく活用するためか、惑星表面は暗い青から緑の植物に覆われていたようだったが、それらは低緯度地域だけで、中緯度より極地にかけては氷河に侵蝕されていた。

大気組成のスペクトル分析では、酸素が二割に窒素が八割だが、メタンガスの濃度が高かった。酷寒の環境は温暖化ガスで全惑星凍結を免れているらしい。

確かに人類の生存は可能だろうが、総人口一五〇〇万のセラエノ星系としては、惑星レアの資源でさえ使いきれていないのに、他星系の植民活動など時期尚早だ。

だが閣僚たちを沈黙させたのは、E1が撮影した次の映像だった。

「これは……何！」

アーシマ首相は叫んだ。映像の中にあったのは、軌道上を周回する宇宙船であり、船体には紫外線や腐食で色褪せた船名が描かれていた。コスタ・コンコルディア。

「データベースで調べたところ、コスタ・コンコルディアはスラヴァ級と呼ばれるもので、クレスタ級輸送艦の二世代前の恒星間宇宙船です。基本性能はクレスタ級にほぼ準じます。およそ一三〇年以上昔の宇宙船で、植民星系開発の拡大期だったこともあり、今日ではあまり見ない輸送船と客船を折衷したような宇宙船です。

記録によればコスタ・コンコルディアは当時、独裁政権により支配されたカダス星系に人と物を運んだのちに、独裁政権への反発による武力蜂起、いわゆるカダス内乱に遭遇し、避難民を乗せて地球圏に向かったという記録を最後に一切の消息が不明です」

「つまり植民星系拡大期に多発した遭難宇宙船ということね」

人類の植民星系拡大期には、恒星間宇宙船の実用化とともに多くの星系が植民地として開発された。しかし、実用化を迎えたとはいえ、そうした宇宙船を運用する経験に人類は乏しかった。出発し、ついに目的地に到達しなかった宇宙船がもっとも多かったのがこの時代である。

「E1の天体データを観測した結果から判断して、ドルドラ星系はカダス星系とは数千光年離れている可能性があります。

それで先ほどの質問の答えですが、この星系や惑星に名前をつけたのはコスタ・コンコルディアの乗員たちです。そして彼らは惑星シドンに降り立ちました」

そうして空間にコスタ・コンコルディアの映像が拡大される。画像が鮮明なのはAIにより再構築されたのだろう。

宇宙船に対するアーシマの第一印象は、食べ終えた魚の骨だった。宇宙船本体で比較的残っているのは、機関のある船尾部と航法装置などが収められている船首のみで、あとは一本の構造部材が背骨のようにそれらを繋いでいる。

背骨に相当する部分には、惑星方向に向けて細長い簾のようなものが船尾と船首近くに一つずつ伸びており、他にも同じ補助的なものが二つ下がっていた。

　宇宙船はあちこちに開口部が作られていた。その幾つかは放熱のためと思われたが、大半は船体の金属板を切断した跡らしい。そうして金属資源を確保しようとしたのだろう。ともかく使えるものはすべて剝ぎ取って地上に降下したらしい。

　そして誰に見せるためなのか、船名の下にはドルドラ星系の構造と惑星名が記されていた。

「E1の映像で船首部が九〇度折れているように見えますが、これはどうやら一度切断され、下向きに整形し直されたようです。

　なぜこんなことをしたのか我々も当初は見当がつきませんでしたが、映像を精密分析してわかりました。どうやらコスタ・コンコルディアの遭難は、機関部に問題があったようでした。一部に著しい損傷が見られます。

　宇宙船の乗員は惑星に降下するとともに地上の自分たちに対して電力を供給するために、宇宙船を太陽発電衛星に改造した。太陽電池だけでなく、反射鏡で光を集めスターリングエンジンらしき機構で発電していた構造物もあります。

　そこで生産された電力は、船首部のフェイズドアレイレーダーに送られ、それを大出力送電素子に転用し、地上に電力を供給していたようです」

「入植者は……」

アーシマはそう質問するも、答えはわかっていた。

「E1の映像では、惑星シドンに活動中の集落や都市は見当たりません。ただレーザーレンジファインダーの計測により、かつて集落があったらしい痕跡が赤道上の平原部に見つかりました。人工的に河川の流れを変えたと思われる形状も見つかりました。ただし集落らしい痕跡は一つだけです。入植者は全滅したものと思われます。

もちろんE1のレーザーレンジファインダーの分解能は限定的なものですので、見落としの可能性は否定できませんが、状況からしてその可能性は低いでしょう」

アーシマは他の閣僚たちが何を考えているのかわかる気がした。惑星シドンとコスタ・コンコルディアで起きたことは、規模が違うだけでセラエノ星系の自分たちにいま起きていることと同じなのだ。

これは自分たちにとって重要な事実だろう。異郷で滅びざるを得なかった過去の同胞に首(こう)を垂(べ)れる気持ちに嘘はない。ただ、そうだとしても深夜に政府へ緊急会議を要求するような事実であるかには疑問が残った。

もちろんその価値があると言われたなら、否定はしない。ただアーシマが知る狼群涼狐の判断としては違和感があっただけだ。その疑問を別の方向から解き明かしてくれたのは文部大臣のアランチャ・エブラルだった。

「E1のレーザーレンジファインダーで惑星全体を走査して、集落の跡地を発見したということですけど、E1を二段ワープさせたのは一九日、今日は二〇日です。どう考えても一日で惑星全体を走査するのは不可能では？」

「大臣のご指摘の通りです。E1は出発から一日で帰還しましたが、探査機のシステムでは半年間ほどドルドラ星系に滞在したことになっています。低出力の推進機で惑星の周回軌道に乗り、一連の探査を行い、それが終わってから帰還する。これら一連の作業に半年の時間をかけましたが、帰還した時間は出発から一日後です。

つまりワープによりボイドを突破することは可能であると証明されたものの、時間の辻褄が合いません。ドルドラ星系に半年滞在し、半年後に帰還するなら問題はありません。しかし、E1は一日後に戻ってきた。つまりE1は帰還時に、半年もの時間を遡ったことになります。

いままで人類のワープ航行の歴史の中で、ワープにより時間を遡ったという報告はなかった。むろんワープは距離に応じて未来に移動し、未来から過去に戻るのだという説明はなされてきた。これがワープ宇宙船がタイムマシンと言われる理由でもあります。

しかし、ワープ先で半年過ごしたら、帰還した時には出発地点でも半年の時間が経過していた。ワープ先で半年経過して、帰還時には一日しか経過していないなんて事例は、この二世紀の間に一度もありません」

アーシマは緊急会議が要請された理由に、やっと得心がいった。ボイドからの脱出方法が見つかったかと思ったのも束の間、時間を遡るという現象が起きたというのだ。原因をはっきりさせねば、地球圏との交流再開計画は抜本的な戦略転換を迫られよう。

「実はワープに伴う時間の不整合は、分単位のものなら観測されています。一つは津軽と青鳳のニアミスに伴い、津軽が時間を遡ったかもしれない可能性。もう一つは必ずしも時間を遡ったとは言えませんが、Ｅ１によるワープ航路開拓実験の中で、あり得ないはずの信号を受信した事例があります。

ここで我々が考えねばならない問題は、二世紀近い人類のワープ航法の歴史の中で、このような事例が観測されているのがボイドだけであるということです。分単位の時間の不整合だけでなく、今回は半年に及ぶ不整合です。

解釈は二つあります。一つはこの時間的不整合と地球圏との交通途絶は、同じ現象の違った側面を見ているというもの。

もう一つは、時間の不整合という現象は、そもそもワープ航法の原理の中で内在されていたもので、たまたまボイドという特殊環境の中で頻出してしまったという解釈です。

結論を出せないのは、ドルドラ星系はボイドから遥かに遠い星系だということです」

「ボイドから遠距離にあるのは事実としても、ボイド内から出発している以上は、その影響を免れないのでは？」

アーシマは涼狐と理論面で同じ危機感を共有できている自信はなかったが、それでも素人なりの疑問はあった。

「当然の疑問だと思います。

これはE１の映像からの推定ですが、コスタ・コンコルディアは一三〇年前に遭難したとされていますが、その船体表面の腐食具合は最低でも三〇〇年は経過しているものと思われます。

また宇宙船の軌道は非常に偏心しており、少なくともあと半世紀前後で大気圏に突入してしまう状態にありました。あの宇宙船が太陽発電衛星として地上に電力を供給するとしたら、現在のような軌道は取りません。

発見した集落跡に電力を供給するとしたら、可能な限り集落の上空に宇宙船が留まるような離心率の大きな軌道を選ぶでしょう。その想定が正しいとすれば、摂動や大気制動で現在のような軌道になるのは、推定でやはり三〇〇年ほどかかります。

一三〇年前に遭難した宇宙船が軌道上に三〇〇年間止まっていたとするならば、ワープアウトした時点で、二〇〇年近く時間を遡っていたことになります。考えられる可能性は、コスタ・コンコルディアがワープに失敗して時間を遡ったか、E1が未来に行ったかのいずれかです。ただ一つ確かなのは、この船の遭難理由にボイドは無関係であるということです。

仮にそうであるとすれば、ワープ航法そのものに、ある程度の不安定さが避けがたくあることになります」

それでもアーシマには納得できなかった。同時に納得してはいけないとも思っていた。二世紀近い実績のあるワープ航法が深刻な問題を抱えているとしたら、六〇近い植民星系を抱える人類社会は深刻な影響を被（こうむ）ることになるだろう。

現時点では検証不能だが、地球圏とのワープ不能がセラエノ星系だけでなく、遅かれ早かれ植民星系全体で不可避的に発生するものだとしたら、人類文明そのものが致命的な影響を受けかねない。だからこそアーシマは疑問をぶつける。

「ワープ航法が本質的に問題含みという意見は私には納得できません。本質的な問題があるというのに、二世紀近い運用実績で植民星系が貿易を続け、安定した社会を築けたというのは矛盾ではありませんか？」

「それについては私から説明させてください」

そう言って松下紗理奈が仮想空間の壇上にのぼる。専門家と言えば彼女は博士号取得者だから、涼狐より適任とは言える。アーシマもそれを拒むつもりはない。

「いまの我々から見れば、ワープ航法は安定した手段に見えます。しかし、黎明期には多数の事故があり、安定期と呼べるのはこの一〇〇年ほどのことです。

ワープ事故が減少した一番の理由は、運用経験の蓄積とワープ宇宙船の信頼性の向上によるものです。ただワープ宇宙船の構造はこの一五〇年ほど変わっていない。基本的に枯れた技術です。にもかかわらず宇宙船の遭難が数十年続いたのは、いまと違って当時は、決められたワープ航法のパラメーターを勝手に変更する宇宙船が一定数いたためです。新規航路を発見すると報奨金が出たために、一攫千金を狙う船長もいたことが遭難を招いた。ただコスタ・コンコルディアの場合は、純粋に事故の可能性が高い。治安が崩壊したカダス星系から緊急脱出を試みた本船は、外部からの航法支援も受けられず、パラメーターミスが起きても不思議はなかった。記録では、地球圏政府も星系政府のサボタージュによる遭難と結論づけています。

このようにワープ航法には常にリスクが伴っていた。だから人々はワープ航法のリスクを負うのをやめた。この一〇〇年ほどは、植民星系に向かうための新しいパラメーターはただの一つも増えていません。

ワープ航法が安定した移動手段に見えるのは、安全な航路しか移動せず、誰も新航路開拓を行わないために過ぎません。我々がリスクを負わないから安全に見えているだけで、本質的な危険性が軽減されたわけではないんです」

それはアーシマには衝撃的な話であった。ワープ航法が実用化されてから二世紀。その間にワープの原理もわからなければ、宇宙船の飛躍的な進歩もなかった。それは基礎科学に投資しない経済原理の問題とばかり思っていた。だが紗理奈の話を信じるなら、本質はもっと根深く、人類があらゆることにリスクを負わなくなった結果だったのだ。

　もしも人類が未到を開拓してゆくというリスクを負う選択をしていたならば、セラエノ星系が地球圏から孤立するという事態は生じなかったかもしれないのだ。ワープの原理が明らかになっていれば、いまよりずっと確信を持って解決策を導くことだってできただろう。

「状況はわかりました。それであなた方は、専門家としてこの事態にどう対処すべきと考えます？」

　アーシマは紗理奈たちにそう尋ねながら、我ながらその狡猾（こうかつ）さを思う。誰もリスクを負おうとしないことが現状を招いたという話をしながら、自分はリスクヘッジとして紗理奈たちにボールを投げているのだから。

「まずコスタ・コンコルディアに移動し、航法用コンピュータのデータを回収する必要があります。

乗員たちは使えるものはすべて惑星シドンに降ろしたようですが、宇宙船を太陽発電衛星として活用するためにコンピュータやＡＩはそのまま残したはずです。地上に降ろすだけでも難事業ですし、電力の調達ができるならシステムは軌道上に残し、通信装置でＡＩとやりとりするのが一番です。

ですから軌道上の宇宙船からデータを回収することは十分可能です。あとできれば地上の集落跡を調査し、宇宙船がワープして正確に何年なのかを特定する。おそらくカダス内乱を脱出し、ドルドラ星系にワープアウトしてからの記録が残っているでしょう。それがあれば、ワープ航法の時間を遡る原理についても新たな知見が得られるはずです」

紗理奈は熱く主張するが、そのことでアーシマは自分がはっきりと意思表示をすべきと考えた。

「調査の必要は同意します。しかし、その調査を明石や青鳳をはじめとする有人恒星間宇宙船で行うことは首相として許可できません。ドルドラ星系に到達したＥ１は時間を遡るなど予想外の挙動を示しています。はっきり言って、同じパラメーターを設定してＥ１が二度目の帰還を成功させるかどうかもわからない。どうして時間を遡ったのか、その理由も原理もわからない以上、貴重な恒星間有人宇宙船を調査に派遣することはできません。

地球圏ならまだしも、セラエノ星系には宇宙船とその乗員を失う余裕はないんです」

紗理奈は何か言いかけたが、発言はしなかった。おそらく彼女も有人探査を否定されることは内心で予想していたのだろう。

「専門家としての見解を伺いたいのだけど、明石の能力で、探査用のロボットを製造し、E1に載せて送り出すことは可能？　その場合、何ができる？」

どうやら仮想空間の中だけでなく、物理的な空間でも紗理奈と涼狐は近くにいるらしい。二人は何事か言葉を交わし、涼狐がアーシマに答える。

「スラヴァ級に関する構造データはわかっています。ですからコスタ・コンコルディアの乗員が大規模なシステム改変でも試みていない限り、ドローンの投入でデータを回収することは可能です。データ量は膨大なものになるでしょうが、E1の制御コンピュータの記憶領域を増強すれば問題ありません。

宇宙船内の探査についても、複数の小型ドローンの連携により、現状を映像として再現することは可能です。ただ完全にAIだけの判断となりますので、そこに死体があったとしてもオブジェクトとして画像処理されるだけです。検視はされません。

地上探査に投入する各種ドローンについても、E1に搭載可能な大きさとなれば、耐熱カプセルに入れて大気圏に降下させるしか方法はありません。容積としては五〇センチ立方に収まる程度のものです。玩具のような履帯式クローラと、低空飛行を行う観測気球のようなドローンで広域探査が可能でしょう。まぁ、もう少し詰めて検討すればドローンは増やせるかもしれません」

「どれくらいで可能です？」

再び涼狐は紗理奈と言葉を交わす。

「テストランに一日必要として、既存の作業用ドローンの改造で全体で三日あれば」

「そこまで急がなくてもいいと思いますけど」

アーシマは、涼狐たちが実験を急いでいる理由が気になった。

「矛盾した態度と思われるかもしれませんが、ドルドラ星系へのワープ航路のパラメータが安定したものなのか、我々としてはそこに確信が持てません。首相が懸念されているように、ドルドラ星系へのルートは不安定で、すぐに使用不能となる可能性も否定できません。その検証も必要です」

アーシマが先手を打って有人調査を禁止したわけだが、あるいは明石の側は人間による大規模な調査隊を送り、短期間で調査を完了させるようなことを考えていたのではないか。それが涼狐の言う「矛盾した態度」の意味だろう。

「わかりました、二、三日中に調査を行えるよう、準備してください」

それからの三日間、アーシマは多くのことに忙殺されていた。最大の案件はアイレム星系から椎名ラパーナを伴って津軽が帰還したことで、政府もマネジメント・コンビナートもイビスの分析にどう対応するか、さらにはイビス側に派遣する人材をどうするか、議論すべきことは少なくない。

特設工作艦津軽の艦長として帰還した狼群妖虎も、明石工作部長への復帰より先に、イビス問題について政府側の研究チームに加わることとなった。このような状況下でドルドラ星系の探査については、津軽の帰還とイビスとの交渉の前にほとんど注目されなかった。

このため作業はほぼ紗理奈の采配で行われた。E1のカーゴベイエリアはE2と同じであった。ただワープ機関の骨格に外板を張った構造であるため、使われていない細長い空間は幾つかあった。紗理奈は放熱効率などを阻害しないことなどを考慮し、そうしたデッドスペースにも探査ドローンを押し込んだ。

ただ彼女のやり方はエレガントであった。まず外見上はまったく変わらないが、四面ある外板の一面を完全にフェイズドアレイアンテナとし、イメージングレーダーにより地上探査を行えるようにした。これは電力を必要とするが、核融合炉を持つE1はワープ時以外は電力に十分な余裕がある。基本的に軌道上からの探査はすべてE1に委ね、探査衛星の類は不要とした。その分はすべてドローンに割り振る。

そして紗理奈は汎用的なＡＩを連結してクラスターＡＩを構築し、それをＥ１のカーゴベイに仕込んだ。下手をすればまたも半年近い探査を行うことになるから、ＡＩには十分な余力を持たせた。Ｅ１のＡＩが分散処理で高性能な分、個々のドローンはクラスターＡＩの手足となって活動し、可能な限り複雑な問題に対応できるようにしたのだ。

そしてカーゴベイがＡＩユニットで埋め尽くされた分、隙間に収納したドローンをどう動かすかがミッションの成否を左右する。

紗理奈はそれに対して、長さ一メートルほどの棒状のドローンで対応した。棒の両端には接合ユニットとアクチュエーターがある。子供の知育教材でコネクターを介して細長い棒を連結し、城や自動車を作るようなものがある。発想はそれだった。

宇宙船コスタ・コンコルディアを調査するドローンは、地上を探査するのも、空中を飛行するのも棒状ユニットを組み合わせる。

特に地上に降下させるカプセルは、棒だけを詰め込めばいいので効率的に運用できた。あとは軌道上のクラスターＡＩの指示で決められた手順で棒が組み上がり、形状の異なる探査ドローンとして調査にあたるのだ。

紗理奈は思いつきでこんな機構を考えたのではなかった。細々とではあるが実験も数年前から続けていた。これは三次元プリンターのマザーマシンを製造できなかった時に、それ以外の方法で文明を維持するための基盤を構築できないかという発想によるもので、子供用のブロック教材が発想の元になっていた。

基本は地上を歩行するものと空を飛ぶものの二種類だが、棒の組み合わせ方で、他に数種類の探査機になることができた。ただこれは多機能を狙ったのではなく、故障して棒が減った場合に、より単純な構造に組み替えるという意図があった。

基本的な試験もパスして、予定通りにE１は二三日に出発した。そして二四日にセラエノ星系に帰還した。ただ帰還場所も時間も当初の想定とはかなりずれていた。そしてE１は外見からもわかるほど損耗していた。

狼群妖虎はアイレム星系からの帰還報告が一段落つくと、すぐに工作艦明石に工作部長として復職した。今後のことも考えて津軽の工作部長には椎名ラパーナが就くこととなり、ロス・アレンがその補佐になる。そして明石の方は、代行だった河瀬が「な組」組長となることが決まった。

イビスとの今後の接触を考え、当面はアイレム星系との移動は津軽が担当することになり、そのためには陣容も整える必要があった。椎名の工作部長はその布石であり、このあたりの人事の調整のため妖虎はさまざまな事務手続きに忙殺されていた。

もっともそれは理由の半分で、ドルドラ星系の問題にも興味があったためだ。実はＥ１の調査準備に関して松下から支援要請が出るかと半分期待していたのだが、彼女は彼女なりに気を遣って、妖虎の支援なしに工作部を動員し、すべての準備を期日までにまとめ上げていた。

松下の棒状ドローンというのは、妖虎のやりかたとはかなり違っていたが、それだけに妖虎自身も技術的に得るところは大きかった。このような状況で二三日のＥ１出発には立ち会えなかったが、スケジュール調整により、回収作業には明石に戻ることができたのだった。

Ｅ１回収のため、工作艦明石の幹部クラスはすべてブリッジに集まっていた。仮想空間でも再確認できるが、こうした重要なプロジェクトでは、ブリッジで場を共有するのが明石における儀式となっていた。

ただ、そこはすぐに討論の場になった。

「全体に外板が歪んでますね。特にフェイズドアレイを仕込んだ外板が顕著です。考えられるのは熱による変形でしょう。熱設計のミスですね」

松下は、Ｅ１の全体に歪な船体にそんな感想を漏らす。もっとも妖虎が見た限りでは、よほど注意しなければ歪さはわからない。

「歪みの原因は熱でしょうけど、レーダーを一日や二日連続使用してもこうはならない。何日連続使用したの？」

そうしている間にE1よりデータが送られてきた。明石のAIはそれを仮想現実上のデータとして編集し、再構築した。妖虎たちは順番にそうしたデータを追体験しようとしていた。

最初の視点は宇宙にあった。それは複数のアームを持ったドローンと思われた。視界の端にそれらしいアームが見えたからだ。

コスタ・コンコルディアの船体は、荒いヤスリでもかけたように微細な傷がいくつもあった。宇宙塵によるものも多かったが、恒星ドルドラの活動によって膨張した惑星大気の酸素原子が遊離し、それによる腐食と思われた。ここまでの腐食は一世紀や二世紀では起きないだろう。

かつての太陽電池パネルも、いまは曇りガラスの簾のようになっている。宇宙船の船首と船尾をつなぐ竜骨に相当する構造部材には、太陽発電パネルが全部で六枚ほどあったことを示している。しかし、数百年の間に何があったのか、六枚のうちの四枚は接合部しか残っていない。

船体には明らかに人工的に開けたような開口部があった。どうやらそこには放熱板などが展開されていたようだが、これもまた歳月の中で散逸してしまったようだ。

その開口部からドローンは入る。光源が不明なのは、AIがさまざまな映像から補正しているためだろう。やはり恒星の輻射の影響は少ないものの、遊離酸素による腐食の痕跡はあちこちにあり、プラスチック類はほぼ全滅だった。

さらに乗員たちはどのような方法によってか降下カプセルのようなものを作り上げ、宇宙船内にある多くの物資を持ち去ったらしい。それは緊急用の斧やハンマーの類さえ残されていないことでもわかる。

妖虎は自分のエージェントにコスタ・コンコルディアの乗員や積荷のデータを表示させる。ただその内容は不明確だった。カダス内乱からの避難民を乗せた関係で乗員名簿がない。これはおそらく政治亡命や難民申請の問題があるからだろう。

積荷も、内乱による避難民のための支援物資が積まれていたのは確かだが、それをカダス星系に降ろしたのか、降ろしていないのかは定かではない。ただ本来なら船倉や貨物室があるべき場所に何もなく、竜骨が剝き出しという点で、彼らが可能な限り宇宙船を地上での生活に再利用しようとしたのは間違いないだろう。

「これではデータは駄目か」

妖虎は廃墟としか表現できない宇宙船の惨状にそう思った。コンピュータの電源ケーブルなども腐食して使用不能なら、データの回収など思いも寄らない。それでも人間が乗っているならメモリーユニットだけを引き抜くとか対応策はあるのだが、ＡＩにそこまでの臨機応変さは期待できない。

しかし、ドローンが船首部に向かうと光景が変わってきた。船首部は本体から切断され、九〇度曲げられて再接合されていた。ところがよく見ると、完全に密閉されている。それもハッチを溶接しているという念の入れようだ。どうやら船首部のコンピュータシステムだけは守り抜こうと乗員たちは考えたらしい。

確かにシステムと通信機でやりとりできれば、さまざまな知識を船内のコンピュータから読み取ることができるだろう。

映像としては割愛されているが、ＡＩは船首部を色々と調べたらしい。そして先ほどとは違った場所で、封印された点検ハッチを溶接機で切断し始めた。人間としては船首部に入って中を探検したいところだが、ＡＩに与えられた任務は船内コンピュータのデータであり、それが得られれば目的は達せられるわけだ。

腐食していない電源ケーブルにドローンが電力を供給し、データコネクターに自身の回線を接続すると、コスタ・コンコルディアのさまざまなデータが読み取れた。驚いたことに船のコンピュータの中核は、ドローンと接触した時点でも機能していた。他のすべての機能を停止させ、記憶装置のデータ維持のためだけに電力を消費していたらしい。

センサー類もシステムから切り離し続けたため、この一五〇年はデータを維持する以上のことはしておらず、ただただ時間だけを刻んでいたようだ。そしてコンピュータによると、宇宙船は惑星軌道にかれこれ四七三年とどまっているらしい。

ただその四七三年の間で動きがあるのは、最初の二年ほどだった。どうやら船内には被災地に物資を届けるための降下カプセルが幾つも積み込まれていたようだ。乗員たちは惑星に降り立つための計画を立て、宇宙船を解体し、太陽発電衛星として活用しようとした。その作業の完了に二年かかり、最後の降下カプセルで一〇人ほどの乗員が降りてからは、宇宙船は完全に無人だった。

さらに太陽発電衛星として地上から維持管理されていたのは、降下から二〇年ほどの間だけで、それから先は地上から一切の電波信号は届いていない。そして一切の管理がなされぬまま、宇宙船は四五〇年以上も腐食するに任されていたのだ。

場面は一気に地上に変わった。多脚の蜘蛛のような背の高いドローンが地面を歩いていた。それは地上の集落の跡だった。建設されてから四七〇年ほどになるのに、痕跡は意外に残っていた。

集落は草地に変わってはいたが、寒冷な惑星環境のためか、植物の成長速度が遅いのか、分解できないような金属やプラスチックはそのまま放置されている。栄養として分解できないものには手を出さないかのようだ。

太陽発電衛星の管理は二〇年で終わったが、人間がかなり長期間生存していたのも集落跡が自然に飲み込まれなかった理由らしい。ただ集落が一つだけなのは、人口増加率が著しく低かったためかもしれない。

集落には宇宙船の部材を用いたらしい風車や蒸気機関の残骸のようなものがいくつか見られた。機械力を用いることはできたようで、集落はかなり大きな石組みで囲われ、要塞化されていた。

それは何かから身を守らねばならなかったことを意味しているように見えた。じっさい城壁に相当するようなところには、朽ち果てた銃が置いてあった。内乱の避難民はそこそこの武装もしていたようだ。

城壁の外には堀が掘られ、その中には大型動物の骨のようなものが幾つもあった。ただこれが彼らに防御を強いた外敵なのか、それとも家畜的な何かなのかはわからない。

ドローンの映像は、そこで唐突に途絶える。何か大きな動物に倒されたらしい。映像にその姿はなかったが、赤外線センサーが熱源があることを示している。

映像は再び切り替わる。それはグライダーのような飛行ドローンによる低空での地上探査の映像だった。最初のE1と地上ドローンの映像は、画像のタイムスタンプによれば二週間程度の記録を編集したものだった。しかし、飛行ドローンの映像だけはデータの表記を信じる限り一年以上も惑星上空を飛行していた。このため同じ地域を通過しているのに、植生にも変化が見られた。E1が帰還したとき、フェイズドアレイアンテナを兼ねていた外板が熱で歪んでいたが、理由はどうやら飛行ドローンを監視するため、一年以上も稼働し続けたためと思われた。

飛行ドローンは赤道地帯だけでなく、氷河に覆われた中緯度地方以上の地域も飛行していた。どうやら惑星の公転周期が速いために、かなり高速の気流が惑星シドンにはあるらしい。飛行ドローンはそれに乗っていたわけだ。

高緯度地域は確かに地表が氷河に覆われてはいるものの、火山活動が活発で、氷河の下と火山を熱源とする地下世界に独特の生態系があるようで、氷河が融けているオアシス的な地域には予想以上に動物が見られた。

寒冷地なので体積が大きいほど体温維持に有利であるためか、かつて地球に生息していたような巨大哺乳類に相当するような、毛で覆われた大型動物の群れが幾つも見られた。ただ飛行ドローンのＡＩは、そうした存在にはまったく関心を示さず、最初に与えられた指示に従いデータを集めていた。

そのドローンが急に高度を下げた。何か幾何学的な構造物を察知したらしい。それは可視光ではわからないが、赤外線で緻密に観察すると、氷河の下に人工的な空洞が認められるためだった。

そうして地表ギリギリまで高度を下げたドローンの映像は急に旋回したかと思うと、これもまた唐突に消えた。ドローンのレーダー情報によると、槍のような物体が接近してきたので回避行動を取ろうとしたが間に合わなかったということらしい。またマイクはドローンが撃墜される前に、人間の言葉とも解釈できる音声を記録していたが、意味は不明だった。

こうして妖虎たちは現実に引き戻された。

「コスタ・コンコルディアの乗員たちの子孫は砦を放棄して、氷河の中に地下都市を建設しているということ？」

妖虎の意見に誰も答えられなかった。

「あれだけじゃわかりません。惑星土着の知性体がいて、乗員たちは生存競争に負けてしまったのかもしれない。一つ確かなのは、ドローンは知性体の槍で撃墜されたということだけです」

プロジェクトの担当者である松下紗理奈の解釈が一番妥当だと妖虎もわかる。しかし、それでもやはりあの酷寒の惑星に人間が生き続けていると信じたかった。

「再度の調査を提案します。E1は再び時間を遡った。今回は少なくとも一年以上、あの惑星に滞在していた」

「ですが部長、E1はもう飛べません。ワープ機関が甚大な損傷を負ってます」

松下の報告も妖虎の考えを変えられない。

「E1が寿命を迎えるのは想定内のことです。E2で追実験は行えます」

「しかし、E2も基本的にE1と同じです。ドルドラ星系の調査に投入し、それが失われるようなことになれば、それ以上のワープ実験はできなくなります！」

松下は珍しく強い口調で反論した。しかし、妖虎はそれを承知で考えがあった。

「おかしいとは思わない？　人類がワープ航法を実用化してから二世紀近い歴史の中で、異星人との遭遇など一つも報告されていなかった。

にもかかわらずセラエノ星系は、ニアミスという事故が起こり、さらに地球圏との交通が途絶してほどなくイビスとの遭遇を果たした。そしていまE1が、あるいは第二の異星人の可能性がある星系を発見した。

あるいは、それは過去に遭難したワープ宇宙船の乗員の子孫かもしれない。時間を遡った可能性は考えないとしても、遭難宇宙船を発見した事例もまたなかった。

こうした異常事態がなぜこの三ヶ月ほどの間に立て続けに起きたのか？」

「確かに、それは私も不思議だと思います。しかし、この状況にどんな説明が可能だと言うんですか？」

妖虎は、自分の考えを躊躇いがちに口にする。

「我々は何かに導かれている、あるいは何かのシナリオで動いているのかもしれない。いま我々の行動には、然るべき意味があるのかもしれない、とね。もちろん証拠はない」

そして妖虎はスタッフに提案する。

「ドルドラ星系での時間の流れはセラエノ星系とは違うのかもしれない。そうであるならE2はワープアウト後にドローンを放出し、そして一日後にデータのみを回収する。そうすれば、E2が現地で一年も活動し続けるようなリスクは回避できる。

この方法ならリスクを最小にして、データは確保できるでしょう」

こうして再びドルドラ星系へのワープ実験がE2で行われた。

だがE2はドルドラ星系には到達できなかった。

そこが銀河系のどこに、そしてどの時代に存在したのか、もはや彼らに知る術はなかった。

本書は、書き下ろし作品です。

〈日本ＳＦ大賞受賞〉

星系出雲の兵站（全４巻）

林 譲治

人類の播種船により植民された五星系文明。辺境の壱岐星系で人類外らしき衛星が発見された。非常事態に乗じ出雲星系のコンソーシアム艦隊は参謀本部の水神魁吾、軍務局の火伏礼二両大佐の壱岐派遣を決定、内政介入を企図する。壱岐政府筆頭執政官のタオ迫水はそれに対抗し、主権確保に奔走する。双方の政治的・軍事的思惑が入り乱れるなか、衛星の正体が判明する――新ミリタリーＳＦシリーズ開幕

ハヤカワ文庫

〈日本SF大賞受賞〉

星系出雲の兵站―遠征―（全5巻）

林 譲治

人類コンソーシアムに突如届いた「敷島星系に文明あり」の報。発信源は、二〇〇〇年前の航路啓開船ノイエ・プラネットだった。報告を受けた出雲では、火伏礼二兵站監指揮のもと、バーキン大江少将を中心とする敷島方面艦隊の編組と機動要塞の建造が進んでいた。一方、ガイナス封鎖の要衝・奈落基地では、烏丸三樹夫司令官率いる調査チームがガイナスとの意思疎通の緒を探っていたが……。シリーズ第二部開幕！

大日本帝国の銀河（全5巻）

林　譲治

日華事変が深刻さを増す昭和十五年六月。和歌山県の潮岬にて電波天文台の建設に取り組む、天文学者にして空想科学小説家の秋津俊雄は、海軍の要請で火星から来たと言う人物と面会する。いっぽう戦火が広がる欧州各地には、未知の四発爆撃機が出現していた——。架空戦記＋ファーストコンタクトの新シリーズ開幕

ハヤカワ文庫

新・航空宇宙軍史

コロンビア・ゼロ

谷 甲州

〔日本SF大賞受賞作〕外惑星連合が航空宇宙軍に降伏した第一次外惑星動乱から四十年。タイタン、ガニメデ、木星大気圏など太陽系各地では、新たなる戦乱の予兆が胎動していた――。第二次外惑星動乱の開戦までを描く全七篇を収録した、宇宙ハードSFシリーズの金字塔、二十二年ぶりの最新作。解説／吉田隆一

華竜の宮（上・下）

上田早夕里

海底隆起で多くの陸地が水没した25世紀。陸上民はわずかな土地と海上都市で高度な情報社会を維持し、海上民は〈魚舟〉と呼ばれる生物船を駆り生活していた。青澄誠司は日本の外交官としてさまざまな組織と共存するために交渉を重ねてきたが、この星が近い将来再度もたらす過酷な試練は、彼の理念とあらゆる生命の運命を根底から脅かす——。第32回日本ＳＦ大賞受賞作。　解説／渡邊利道

ハヤカワ文庫

沈黙のフライバイ

野尻抱介

アンドロメダ方面を発信源とする謎の有意信号が発見された。分析の結果、ＪＡＸＡの野嶋と弥生はそれが恒星間測位システムの信号であり、異星人の探査機が地球に向かっていることを確信する……静かなるファーストコンタクトの壮大なビジョンを描く表題作、女子大生の思いつきが大気圏外への道を拓く「大風呂敷と蜘蛛の糸」他全五篇。宇宙開発の現状と真正面から斬り結ぶ野尻宇宙ＳＦの精髄。

みずは無間（むげん）

六冬和生

無人宇宙探査機の人工知能には、科学者・雨野透の人格が転写されていた。夢とも記憶ともつかぬ透の意識に繰り返し現れるのは、地球に残した恋人みずはの姿。法事で帰省する透を責めるみずは、就活の失敗を言い訳するみずは、リバウンドを繰り返すみずは……。無益で切実な回想とともに銀河をさまよう透が、みずはから逃れるため取った選択とは？　第一回ハヤカワＳＦコンテスト大賞受賞作。

著者略歴　1962年生，　作家　著書『ウロボロスの波動』『ストリンガーの沈黙』『ファントマは哭く』『記憶汚染』『進化の設計者』『星系出雲の兵站』『大日本帝国の銀河』（以上早川書房刊）他多数

HM=Hayakawa Mystery
SF=Science Fiction
JA=Japanese Author
NV=Novel
NF=Nonfiction
FT=Fantasy

工作艦明石の孤独３

〈JA1541〉

二〇二三年一月二十日　印刷
二〇二三年一月二十五日　発行

（定価はカバーに表示してあります）

著者　林譲治
発行者　早川浩
印刷者　西村文孝
発行所　株式会社　早川書房

郵便番号　一〇一-〇〇四六
東京都千代田区神田多町二ノ二
電話　〇三-三二五二-三一一一
振替　〇〇一六〇-三-四七七九九
https://www.hayakawa-online.co.jp

乱丁・落丁本は小社制作部宛お送り下さい。
送料小社負担にてお取りかえいたします。

印刷・精文堂印刷株式会社　製本・株式会社フォーネット社

ISBN978-4-15-031541-2 C0193

本書は活字が大きく読みやすい〈トールサイズ〉です。